결혼,
에로틱한
우정

Le Mariage D'amour a-t-il Échoué?

by Pascal Bruckner

결혼,
에로틱한
우정

파스칼 브뤼크네르 지음 | 이혜원 옮김

mujintree
뮤진트리

차례

■ 프롤로그─사랑의 불협화음   10

01 첫날밤의 대재앙   15

02 이혼의 탄생   27

03 빗나간 기대   37

04 금지된 사랑, 의무적인 사랑   47

05 연애결혼의 비극   57

06 광적인 쾌락   67

07 분노한 연인들의 원무   75

08 버림받은 사람들   83

09 사랑의 양면성   93

10 새로운 관계   105

11 전통의 재발견   113

12 이성과 감정의 이종교배   121

13 따로 또 같이   131

14 프로메테우스적 실패   139

■ 에필로그―사는 즐거움   149

■ 옮긴이의 말   152

둘도 없는 단짝 파트리스 샹피옹을 위하여…

“사람들은 성격 차이 때문에 이혼을 한다.

그런 사람들은 애초에 결혼하지 말았어야 하는 게 아닐까?

결혼은 본디 서로 맞지 않는 순간을

죽을힘을 다해 참고 견디려고 하는 것이다.

남자와 여자는 그 자체로 맞지 않는 존재이므로.”

―G. K. 체스터톤Chesterton―

사랑의 불협화음

2009년 10월, 이라크 쿠르드족 자치 지구의 수도 아르빌에서 열린 단편영화제에서 보두앵 쾨니그Baudouin Koenig의 〈양철통의 도시, 다바Daba, ville des bidons〉라는 다큐멘터리 영화가 상영되었다. 이 영화는 공공쓰레기장 근처에 살면서 양철통과 석유통을 수집해 생계를 이어 가는 노인의 이야기를 담고 있다. 당신 민족의 역사만큼이나 온갖 고난과 불행으로 굴곡진 자신의 인생 이야기를 들려주던 노인은, 살면서 겪은 역경들을 하나씩 짚어 나가다가 갑자기 벌떡 일어나 큰소리로 이렇게 외쳤다.

"살면서 한 일 중에 제일 잘한 거? 난 사랑해서 결혼했어. 그렇게 해서 얻은 자식이 둘이야."

노인의 아내가 수긍하고, 이내 객석에선 박수갈채가 터져 나왔다. 영화는 관객들의 압도적인 지지를 받았다.

쿠르드족 자치 지구는 이라크의 다른 지역에 비해 경제적으로 부유하고 평화롭지만 씨족사회의 풍습이 많이 남아 있다. 그런 까닭에 그곳 젊은이들은 부모가 정해 주는 사람과 혼례를 치러야만 하고, 이 때문에 사랑하는 사람과 신의를 지키려고 자살하는 청년들이 종종 있으며, 그때마다 청년과 사귀었던 처녀들은 엄청난 충격에 휩싸인다. 수많은 쿠르드족 젊은이들이 유럽이나 미국으로 도주하는 이유도, 경제적인 문제 때문이기도 하지만 개인의 자율성을 억압하는 문화 때문이기도 하다. 젊은이들은 멋진 연애를 하고 주위에서 강요하는 사람이 아닌 제 마음에 드는 짝과 결혼하기를 바란다.

흥미로운 것은, 바야흐로 아랍 국가들이나 인도·중국(두 나라는 여아 선별 낙태로 인해 결혼 시장의 불균형이 초래되고 있긴 하지만) 등의 전통 사회에서도 자유연애의 바람이 불고, 프랑스에서는 게이나 레즈비언들이 자유롭게 결혼하기를 희망하는 와중에, 결혼이 위기를 겪고 있다는 점이다.

종래의 결혼은 불평등, 전횡 등 온갖 나쁜 점들 때문에 회피의 대상이 되었다. 결혼은 여성을 한낱 동산動産에 불과한 존재로 만들어 버림으로써 혼외정사, 매춘 등의 어두운 그늘을 만들어 냈다. 문제를 해소할 별다른 제도가 없었던 만큼 냉소와 분노만을 유발시킨 탓이다. 이와 달리 오늘날의 결혼은 무엇보다 당사자인 남녀의 의사를 가장 중요하게 여기지만, 한편으로 구시대의 악습을 그대로 간직한 채 또 다른 재앙들을 만들어 내고 있다. 이혼이 급증하고, 독신자가 늘고 있으며, 돈으로 쾌락을 사고, 부부간의 부정不貞도 엄연히 존재한다.

과거 결혼 생활의 문제가 부부간의 성적 은밀함에 대한 체념 혹은 혐오에서 비롯되었다면, 요즘에는 오히려 부부간의 성적 은밀함에 무관심한 것이 문제. 오랜 시간 수많은 적을 물리치고 난 뒤에는 결국 자기 자신과 싸워야 하듯, 종국엔 부부의 결합 자체가 결혼 생활의 최대 걸림돌이 되는 것이다.

20세기 들어 육체와 사랑은 자유를 얻었지만 그로 인한 불협화음은 늘어났다. 대체 무슨 일이 벌어진 걸까? 둘만의 사랑이라는 마법 속 궁전이 어쩌다 사방이 뻥 뚫린 황량한 오막살이에 지나지 않게 된 걸까? 〈카르멘Carmen〉에서 말했듯 사랑에는 아무런 법칙도 존재하지 않거늘, 어떻게 사랑을 틀에 가둘 수 있겠는가. 사랑은 그것을 어김으로써 더욱 활기를 띠는 법이다.

01
첫 날밤의 대재앙

"귀여운 내 딸아, 나중에 정성을 다해 행
복하게 해 줄 남자의 팔에 안길 때까지는
완전무결하게 순결해야 한단다."

기 드 모파상Guy de Maupassant의 소설《여자의 일생Une vie》에 등장하는 노르망디 하급 귀족 출신 아가씨 잔의 이야기를 보자. 잔은 근처에 사는 자작 줄리앙에게 푹 빠졌다. 첫날밤을 앞둔 저녁, 잔의 아버지는 아내의 성화에 못 이겨 딸을 따로 불러내 차마 하기 거북한 말을 꺼낸다.

"귀여운 내 딸아, 실생활에서 알아야 할 일들을 네가 알고 있는지 잘 모르겠구나. 자식에게는, 특히 딸에게는 조심스럽게 감추는 비밀이 있다. 나중에 정성을 다해 행복하게 해 줄 남자의 팔에 안길 때까지는 완전무결하게 순결해야 한단다. 인생의 달콤한 비밀 위에 드리워진 베일을 벗기는 것은, 그의 고유 권한이란다. 하지만 딸들이란 … 꿈 뒤에 감춰진 조금은 난폭한 현실 앞에서 반항을 하곤 하지. 영혼이 상처 입고 육체까지도 상처 받아, 인간과 자연의 법칙이 절대적인 권위로 부여한 남편의 권리를 거부하는 거란다. 애야, 더 이상은 얘기할 수가 없구나. 하지만 이건 잊지 말아라. 네 모든 것은 전적으로 네 남편에게 속해 있단다."

잔은 하녀의 도움을 받아 옷을 벗고는 마치 바닥없는 우물에 빠지듯 결혼 속으로 떨어져 버린 것 같은 심정으로, 완전히 딴 사람처럼 느껴지는 남편을 기다린다. 남편 줄리앙은 문을 세 번 가볍게 두드린다. 그 또한 긴장과 미숙함으로 인해 몸이 뻣뻣하게 굳어 있다. 그는 자신이 응당 받아야 할 것을 간청하며 잔에게 옆자리에 눕도록 허락해 달라고 청한다. 그녀가 주저하는 빛을 내비치자 약간 실망한 줄리앙은 화장실로 가서 옷을 벗고, 내의와 양말 차림으로 다시 나와 침대 속으로 슬며시 들어간다. '차고 털이 많은 다리'가 몸에 닿자 잔은 소리치고 싶은 것을 꾹 참는다.

　이러한 상황의 재미를 제대로 맛보려면, 당시 사회 분위기를 알아야 한다. 그 시절에는 오직 소수의 사람들만 해수욕을 즐길 수 있었고, 부유층 자제들은 결혼 전 남녀가 서로 상대의 육체를 체험할 기회가 거의 없었다. 남녀가 어울려 노동을 하고 짐승이 짝짓기하는 광경을 자연스럽게 보고 자라 일찍 되바라진 시골의 젊은이들과는 달랐다는 얘기다.

　그날 줄리앙과 잔의 첫날밤은 재앙에 가까웠다. 자신의 권리를 행사하고 싶어 안달이 난 줄리앙은 저항하는 잔의 젖가슴을 거친 손길로 더듬는다. 초조해 하며 그녀의 허리를 껴안고 수없이 키스를 퍼붓다가 끝내 찢어질 듯한 고통을 안기며 거칠게 그녀를 소유한다. 이어서 줄리앙이 몇 번이나 다시 시도하자 잔은 남편을 밀쳐 내고 치를 떨면서, 그의 가슴에 뒤덮인 무성한 털을 떠올리며 한탄한다.

　　"이게 바로 아버지가 말한 그의 아내가 되는 거란 말인가? 이게 바로 그거라고? 이런 게!"

그 뒤 두 사람은 코르시카 여행에서 조금 더 자연스럽게 감정을 주고받게 되지만, 첫날밤의 극심한 공포는 이후 잔의 인생에 큰 영향을 미친다. 그녀는 남편이 '성적 요구'를 할 때마다 죽도록 괴로워하게 된다.

너그러운 상대를 만나 첫 경험을 치른 행운아가 아니라면, 강요와 미숙함으로 뒤범벅된 첫날밤의 충격은 특별할 것 없는 지극히 평범한 경험이다. 그리고 보통 이런 첫 경험은, 수백 년 전부터 고착된 이른바 딱지 떼는 나이인 열일곱에서 열여덟 살 사이에 이뤄졌다.

예나 지금이나 할 것 없이 소년, 소녀들은 성인이 되는 데 지장을 초래하고 걸림돌이 되는 자신들의 처녀성, 혹은 동정을 줄기차게 제거해 버린다. 프랑스의 경우 1960년대 말에는 전체 여성의 3분의 1이 결혼 전까지 처녀성을 간직했지만, 1980년대 말에 이르면 10명 중 1명 정도만 혼전 순결을 지킨다. 독실한 기독교인이거나 유대교·이슬람교 신자가 아닌 다음에야, 기다림은 성숙의 동의어가 아니라 어리석음일 뿐인 것이다.

영국 작가 이언 매큐언Ian McEwan의 소설 《체실 비치에서On

Chesil beach》(2008)에 이런 상황이 잘 묘사되어 있다. 이 소설은 성 혁명이 일어나기 몇 해 전인 1962년의 과도기적 상황을 배경으로 하고 있다.

이제 막 결혼한 에드워드와 플로렌스는 도싯 해변의 한 여인숙에 짐을 푼다. 방에 둘만 남게 되자 불안감에 사로잡힌 커플은, 첫 거사를 앞두고 두려운 마음에 시간을 끌려고 되도록 천천히 저녁 식사를 한다. 남편을 사랑하지만 자위 말고는 성 경험이 전혀 없는 플로렌스는 알몸으로 그의 품에 안긴다는 생각에 얼굴이 일그러진다. 신혼의 밤이 지났지만, 심리적으로 잔뜩 주눅이 든 젊은 커플 사이에선 아무 일도 일어나지 않는다. 실행에 옮겨지지 않은 몸짓, 발음되지 않은 말, 그리하여 어두운 미래를 예고하는 결합.

금욕은 도덕적으로 우월한 것이 아니라 기괴한 것이다. 편견을 극복하지 못한 에드워드와 플로렌스의 이야기는 파멸로 치닫는다. 결국 그들은 감동이 아닌 비장함을 안겨 주고, 독자들은 그 시대에 살지 않는 것을 다행이라 여기며 두 주인공을 비웃는다.

과거에는 결혼에 반기를 들게 만들었던 요소들이 오늘날에는 다른 형태로 표출된다. 즉, 과거의 결혼이 이해타산적이고 정략적인 것이었다면, 오늘날의 결혼은 여전히 돈이나 지위 등 조건이 끼어들 여지는 남아 있어도 어디까지나 서로 좋아서 하는 일이다.

> "결혼이란 경건하고 신성한 결합이다. 따라서 결혼을 통해 얻는 쾌락은 절제되고 진지하며 엄숙함이 깃든 즐거움이어야 한다."

르네상스시대 프랑스 사상가 미셸 몽테뉴Michel Montaigne의 말처럼 과거의 결혼이 정숙한 것이었다면, 이제 결혼은 성性이 다른 남녀의 성적 흥분을 동반하는 일이다. 또한 "얼굴을 보지 말고 그가 가진 지갑을 보라."라는 18세기 독일 바덴 지방의 속담처럼 과거 결혼이 천박한 돈벌이에 불과했다면, 요즘 결혼은 비교적 공정하고 대등하게 이루어진다. 18세기 프랑스 앙주 지방 속담에 이런 말이 있다.

"남자는 태어나 두 번의 황금기를 맞는다. 여자를 소유할 때, 그 여자를 땅에 묻을 때."

이 말처럼 과거의 결혼은 냉혹한 것이었다. 물론 요즘에도 금전적 이득과 먹을거리를 제공하는 가축에 비해 처자식이 돈벌이가 안 되기는 마찬가지지만, 그래도 결혼 생활은 두 사람의 애정을 바탕으로 이루어진다. 또한 과거의 결혼이 의무 사항이었다면 앞으로는 선택 사항이 될 것이다. 과거의 결혼이 낯선 상황의 시작이자 일종의 단절을 의미했다면, 오늘날엔 시험 삼아 얼마간 살아 보는 동거의 시기가 선행된다.

오노레 드 발자크Honoré de Balzac의 소설《두 젊은 기혼 여성의 수기Mémoires de deux jeunes mariées》(1842)에서 결혼을 앞둔 딸에게 엄마가 이렇게 말한다.

"어떤 상황에서든 아무리 괴로워도 말없이 참을 줄 알아야 한단다."

이처럼 과거 여성들에게 결혼은 포기를 배우는 학습의 장이자, 자신의 젊음과 마음에 품었던 꿈들을 매몰시키는 징역살이였다. 그에 비해 요즘 여성들은 결혼이 자기만의 에덴동산이 되기를 꿈꾸며, 행복의 정원을 가꾸는 길이자 상호 성숙의 길로 들어서는 문이기를 기대한다. 과거 결혼은 가족의 동의를 필요로 했지만, 오늘날의 결혼은 가족의 찬성과 축복을 여전히 기대할망정 그들의 반대를 크게 개의치 않는다.

예전엔 어려웠던 일들이 간소해져서 요즘에는 단 며칠, 몇 주 만에도 연인이 된다. 하지만 그와 함께 간단명료했던 모든 일들이 불확실해졌다. 함께 살 것인지 말 것인지, 같이 산다면 어떤 식으로 살 것인지, 상대가 내미는 열쇠를 받을 것인지, 아니면 그대로 떠나 버릴지 등을 결정하느라 시시콜콜 일일이 따져 보게 된다. 과거처럼 '수치심'을 느껴서가 아니라, 자유를 잃을까 두려운 마음이 앞서는 탓이다.

현대사회의 도전이란 바로 이런 것이다. 열정을 법으로 가두는 대신 열정에 따르는 의무에 법을 적용할 것, 일시적인 사랑을 토대로 지속적인 사랑을 구축할 것, 제도를 잘 적용하기 위해 필요하다면 제도에 혼란을 야기하더라도 최소한의 관습은 따를 것, 아무리 무모해 보이는 일일지라도 위험을 무릅쓰고 감행할 것, 조상들이 금기로써 억제했던 격렬한 감정들을 인정하고 받아들임으로써 그 흐름에 물꼬를 틀 것…, 이는 결과를 예측할 수 없는 과도한 야망이다.

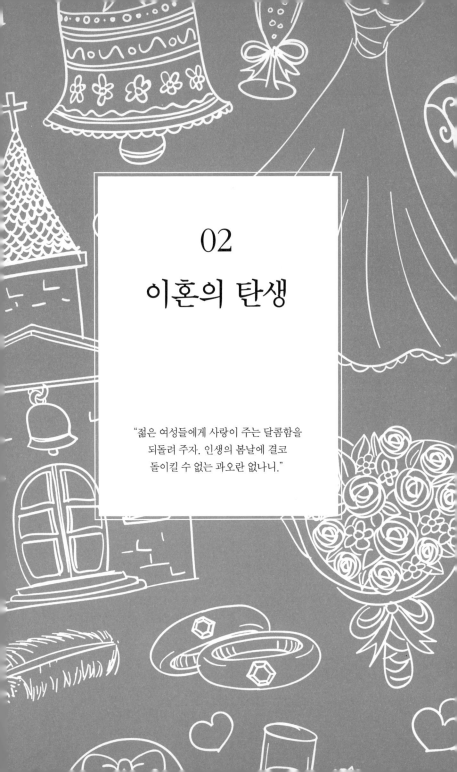

02
이혼의 탄생

"젊은 여성들에게 사랑이 주는 달콤함을
되돌려 주자. 인생의 봄날에 결코
돌이킬 수 없는 과오란 없나니."

계몽주의시대 이래로 결혼 개혁론자들은 세 가지를 중요하게 여겼다. '도리보다 감정을 중요시한다.' '평판에 관한 금기를 깬다.' 그리하여 '맞지 않는 배우자와 수월하게 결별할 수 있도록 한다.'

발자크는 "비탄, 수치심, 증오, 공포의 비통한 행렬이 뒤따르는" 여성의 혼외정사와 오쟁이 진 남편들의 광기에 몰두한 나머지, 수많은 악행들을 근절시킬 유일한 타개책으로 젊은이들의 육체적 자유를 옹호하였다. 발자크의 《결혼 생리학 Physiologie du mariage》에 이런 구절이 있다.

"젊은 여성들에게 열정, 교태, 사랑, 그로 인한 불안과 사랑이 주는 달콤함을 되돌려 주자. 인생의 봄날에 결코 돌이킬 수 없는 과오란 없나니…. 유익한 비교를 통해 사랑은 정당화될 것이며, 이렇게 풍속이 변하다 보면 창녀들의 수치스러운 고통도 저절로 사라질 것이다."

발자크는 이어, 19세기에 샤를 푸리에Charles Fourier, 스탕달 Stendhal, 빅토르 위고Victor-Marie Hugo의 지지를 받게 되는 논증을 전개해 나간다. 그는 젊은 여성들에게 정숙을 강요하는 것이 매춘과 외도라는 이중의 재앙을 불러오고, 아울러 사생아에 대한 극심한 공포를 야기한다고 주장했다. (고대 로마시대에는 임산부들만 쉽게 바람을 피울 수 있었다. 그래야만 가계의 혈통, 다시 말해서 정자의 순도를 유지할 수 있기 때문이다.) 또한 굶주린 남자들이 사창가로 달려가고, 불성실한 남편에게 실망한 아내들은 숨은 복병인 일시적인 사랑에 빠져들게 된다는 것이다.

레옹 블룸Léon Blum은, 1907년 출간 당시 파문을 일으켰던 책《결혼에 관하여Du mariage》에서 발자크의 주장을 솜씨 있게 파고들었다. "고통을 주는 침대에 누워, 그것이 주는 강렬함과 달콤함을 한층 더 두드러져 보이게 하는 사랑의 환상에 하릴없이 젖어 드는" 처녀와 "지나칠 정도로 수차례 반복되는 일에 때 이른 권태를 느껴 서둘러 임무를 끝내는" 창녀를 나란히 묘사한 것이다. 이 비참한 처지에 놓인 두 여인, 곧 처녀와 대부분 노동자 출신인 창녀는 서로 영향을 끼치는 만큼 함께 구제되어야 한다.

> "처녀로 하여금 사랑의 존재를 잊게 하고, 창녀로 하여금 인생에 사랑 외에 다른 것이 존재한다는 걸 잊게 해야 한다."

처녀는 성생활에 발을 들여놓는 것이 금지되어 있고, 창녀는 거기서 빠져나오는 것이 금지된 탓이다. 또한 블룸은, '결혼에 대한 분별력'이 생겨 정식으로 결혼해야겠다는 마음이 들기 전, 마음에 드는 사람과 에로틱한 욕망을 체험하고자 하는 젊은 여성들의 자유로운 방황을 뛰어난 필치로 옹호했다. 여자들에게도 육체가 있고 이 육체는 남자들과 마찬가지로 기쁨에 겨워 달아오를 필요가 있다는 것이다.

현대 서양 사회는 발자크 이후 한 세기가 훌쩍 넘는 시점에 이르러서야 여성의 성적 욕구를 인정하게 된다. 프로이트의 영향을 받아 음란함을 무기로 내세움으로써 정절을 강조한 해묵은 편견에서 벗어나게 된 것이다.

그러나 낭만주의는 불운하게도 금기에서 벗어난 여성이 음탕한 생활에 빠지는 것을 막으려고 여성을 이상화한다. 1854년 교황 비오 9세가 확립한 성모의 무염시태無染始胎 교리로 원죄에서 해방된 마리아는, 그때 막 싹트기 시작한 여성해방 위에 씌워진 일종의 신학적 덮개였다. 젊은 여성들에게 성모를 본받아 금욕을 실천하라고 부추긴 것이다.

1792년 프랑스혁명 당시 이혼 법률을 만든 것은, 결혼에 대한 교회의 영향력을 무력화시키기 위한 조치였다. 이혼 법률은 1816년 5월 8일 왕정복고 때 폐지되었다가, 1884년 제3공화정에 이르러서야 '이스라엘' 출신 의원의 이름을 딴 '나케 법la loi Naquet'을 통해 실수로 복원된다. 이혼 제도 복원은 심한 격론을 유발시켰다. 심지어 앙제의 주교는 1884년 7월 19일 원로원 연설에서 다음과 같이 말하기에 이른다.

"결국에는 이혼 법에 이르게 될 이러한 움직임은, 크레미유 씨부터 나케 씨에 이르기까지 이혼 제도의 발안자이자 지지자인 극소수 이스라엘 출신 의원들이 중심이 된 문자 그대로 '셈족'*이 벌인 운동입니다. 여러분, 제겐 품위를 떨어뜨리지 않을 만큼의 프랑스인으로서의 명예와 기독교인으로서의 자부심은 남아 있습니다. 저로 말할 것 같으면, 이스라엘 앞에 놓인 기독교 문명의 방벽입니다! 그러니, 자, 여러분! 원하신다면 이스라엘 쪽에 표를 찍으세요. 어서요. 유대인들한테 가란 말입니다! 우리는 여기 교회와 프랑스 쪽에서 한 발도 움직이지 않을 것입니다."

그리고 반세기가 흐른 뒤 나치 독일의 괴뢰정부였던 비시정부는, 출산율 하락과 도덕적 파탄, 프랑스를 강타한 군사적

■ '셈족'(Semites 또는 Semitic)의 '셈'은 《성경》 〈창세기〉에 나오는 노아의 세 아들 중 장남인 '셈'을 의미한다. 셈족은 에티오피아 · 이라크 · 이스라엘 · 요르단 · 레바논 · 시리아 · 아라비아반도 · 북아프리카 등지에 살고 있으며, 알파벳과 유일신 사상을 전 세계에 전파했다. 유대교 · 그리스도교 · 이슬람교 같은 주요 종교가 셈족에게서 유래했다.

참패를 '나케 법' 탓으로 돌리면서, 이혼 제도는 유대인과 비유대인의 결별을 수월하게 하려는 지극히 유대인다운 발상이라고 규탄했다.

그렇지만 유대인이 만든 이 독毒은, 1664년에 이미 영국 시인 존 밀턴John Milton의 지지를 받은 바 있다. 밀턴은 부부 관계를 국가와 국민의 관계와 유사하다고 보았다. 군주가 자신의 권력을 남용하거나 제 백성들을 저버릴 경우 왕국의 헌장을 파기할 수 있듯, 결혼 또한 심각한 불화가 발생하면 유보될 수 있다는 것이다. 이 주장은 엄격한 영국 사회를 들끓게 만들었다. 하지만 결국 영국 국교회도 두 차례의 반목을 통해 탄생하지 않았는가. 영국 왕 헨리 8세가 캐서린 왕비와의 이혼을 인정하지 않는 교황 클레멘트 7세의 의견을 무시하고 앤 불린과 결혼하면서 영국 교회가 로마 가톨릭에서 분리되었고, 이로써 왕이 영국 교회의 우두머리가 되었다.

밀턴의 위대한 사상은 디드로Denis Didero · 몽테스키외Charles de Montesquieu · 볼테르Voltaire 등 계몽주의 사상가들에게 계승되었고, 저마다 지닌 감성에 따라 다양하게 변주되었다. 어떤 이들은 아이들이 자라면 자립할 것을 권고했고, 아프리카 풍속을 따르는 엘베시우스Claude Adrien Helvétius■는 결혼 전에 시험삼아 3년간 살아 볼 것을 제안했으며, 모리스 드 삭스Maurice de Saxe 원수■■는 5년은 살아 봐야 한다고 주장했다. 이들은 가톨릭교회가 권장한 '결혼의 파기 불가능성'을 격렬히 비난하며 다 같이 입을 모아 반대했다. 아녀자들을 가두고 남편들을 자극하여 쌍방을 모두 육체적 방황의 길로 내몰아 사생아를 양산할 위험이 있는 방침이라는 이유였다. 디드로는 1772년에 이미 배우자의 동의 없이 치러지는 성관계, 곧 현대사회에서 '배우자 강간'이라 명명한 행위를 규탄하기도 했다.

> "남편이 다가오기만 하면 공포에 떠는 정숙한 부인을 알게 되었다. 그녀는 임무를 마치고 나면 욕조에 몸을 담그고 더러운 오물을 씻고 또 씻었다."

■18세기 프랑스 철학자로 《백과전서》 제작에 참여했다. 그는 모든 인간이 동등한 존재이며 환경과 교육의 산물이라 여겼다.
■■신성 로마제국 출신의 프랑스 군인으로 육군 대원수의 자리까지 올랐다. 프랑스 문인인 조르주 상드의 증조부이기도 하다.

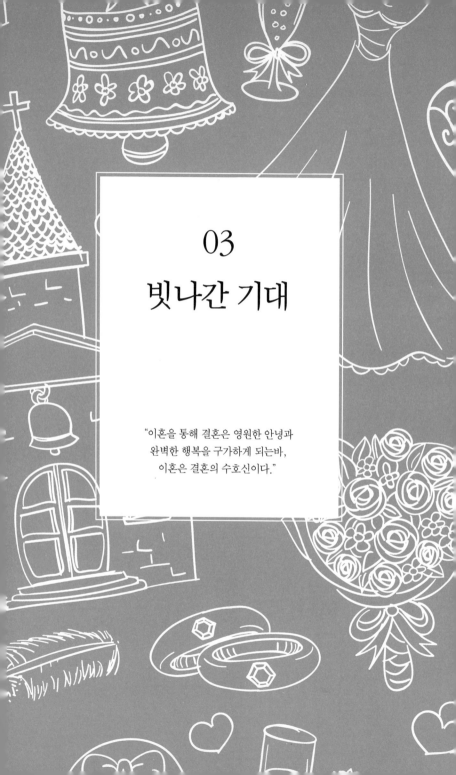

03
빗나간 기대

"이혼을 통해 결혼은 영원한 안녕과
완벽한 행복을 구가하게 되는바,
이혼은 결혼의 수호신이다."

오늘날까지 300년 넘게 계속되고 현재도 전혀 가라앉을 기미가 보이지 않는, 결혼과 이혼을 둘러싼 논쟁이 주는 교훈은 무엇일까? 이혼이 가능함으로써 결혼이 감옥살이가 아닌 선택받은 운명이 되므로, 이혼은 결혼의 불행한 결말이 아니라 그 중심축이라는 것이다. '서약'이란 본디 이의를 제기할 수 있는 것인 만큼 더더욱 그렇다. 결혼 생활이란 온갖 열성을 다 쏟는다 해도 옆길로 갈 수 있는 것으로, 이혼으로써 그 오류를 시정할 수 있어야 한다. 부부의 결합은 오로지 당사자의 결정에 달려 있고, 어느 한쪽이 그것을 인정하지 않으면 그 결합은 유지하기 어렵다.

결별의 가능성이 열려 있으므로, 부부는 정신적인 질식 상태와 되돌릴 수 없다는 강박관념에서 벗어날 수 있다. 절망적인 현실에 짓눌려 차라리 죽어 버리겠다고 내내 떠들고 다니는 사람이 절대 죽지 않는 것과 마찬가지로, 계약 파기를 허가하면 두 사람의 마음이 훨씬 가벼워져서 오히려 단조로운 일상에 적응할 수 있게 된다. 본래 달아나려고 하면 할수록 더 깊이 뿌리내리는 법이다. 툭하면 갈라서겠다고 협박하면서도 죽는 순간까지 서로 의지하며 평생 함께 사는 부부도 있지 않은가.

물론 18세기에 결혼 개혁을 부르짖었던 사람들과 1792년 혁명가들의 주장 안에 이런 의도가 담겨 있었던 것은 아니다. 그들의 주장은, 오로지 결혼 생활에서 비롯되는 불행을 완화시키고, 아내를 버려두고 아이들에게 고통을 안겨 주는 가족 유기를 막아야 한다는 간절한 소망과 선의에서 비롯된 것이다. 이러한 주장은 사랑에 대한 서정적 시각을 바탕으로 한다. 사랑이야말로 관심과 미덕, 행복을 되찾아 줌으로써 사람들의 앞날을 환하게 비춰 줄 거라는 기대 말이다.

앙시앵 레짐Ancien Régime▪이 막을 내린 뒤 20세기 중반까지는, 적절히 통제할 수만 있다면 열정은 그리 해로울 것이 없다고 믿는 것이 합당했다. 열정을 인정하고 받아들이기만 해도, 그러한 열정을 활용하여 사회 평화에 기여하도록 만들 수 있었으니까. 이러한 희망은 20세기 초에 레옹 블룸이 정식으로 표명한 바 있다.

> "악습의 마지막 잔해를 제거하고 결혼 뒤 발생할 수 있는 모든 파란을 예방하기 위해 나의 주장대로 여성들의 혼전 동거를 허가하는 개혁을 이룬다면, 결혼 생활은 옳은 방향으로 나아갈 것이고 파란의 빈도가 줄어들면서 이혼도 감소할 것이다."▪▪

▪1789년 프랑스혁명 전의 절대군주 체제를 가리키며, '구제도舊制度'라고도 부른다. 혁명으로 탄생한 새로운 체제와 비교해 이전 제도의 낡은 특징을 일컫기도 한다.
▪▪"이혼이 여전히 남아 있다는 것, 게다가 이혼하기가 더 쉬워졌다는 것에는 별다른 이의 없이 동의한다. 무엇보다 부부 중 한 사람의 의지만으로도 이혼이 이루어질 수 있어야 한다. … 따라서 이혼 절차가 좀 더 간략해질 필요가 있다. 그래도 추측건대, 이혼율은 여전히 현재 수준을 넘지 않을 것이며 어쩌면 지금보다도 더 감소할 것이다." – 레옹 블룸, 《결혼에 관하여》

열렬한 사랑과 지속 가능한 제도를 겸비한다면, 사랑이 결혼이라는 낡은 제도에 생기를 불어넣는 한편 지속적으로 통제를 받는 일거양득의 효과를 얻을 수 있다는 주장이다. 이미 1792년 프랑스혁명 당시에도, 한 시민이 의회에서 다음과 같이 주장한 바 있다.

"이혼으로 인해 결혼은 품위를 갖추게 되고 별거에서 비롯되는 추문을 잠재울 것이며, 미움의 원천을 고갈시킴으로써 그 자리엔 사랑과 평화가 대신 자리할 것이다."

또한 과격 공화파의 대변인이자 열성적인 단두형 집행자이며, 교회와 올랭프 드 구주Olympe de Gouges■를 비롯한 초기 페미니스트들에게 적개심을 품었던 피에르 가스파르 쇼메트 Pierre Gaspard Chaumette 검사장은 이렇게 선언했다.

■ 올랭프 드 구주는 1791년에 보편적인 투표권, 여성의 공직 담임권, 남편과 아내의 평등한 재산권과 의사 결정권 행사를 요구하는 '여성주의 선언문'을 발표했다.

"이혼을 통해 결혼은 영원한 안녕과 완벽한 행복을 구가하게 되는바, 이혼은 결혼의 수호신이다."

관계의 해체가 그 관계를 지속시키는 조건이 된다니 기이한 말이 아닌가! 하지만 불과 몇 년 뒤인 1795년, 로베스피에르Maximilien Robespierre가 이끄는 혁명정부가 몰락하고 새로운 헌법에 기초한 정부가 들어서면서 상황이 바뀐다. 1795년 8월 22일 표결에 부쳐진 새로운 공화국 헌법은 사회적 약속의 근간을 이루는 가정을 신성시하며 이렇게 선포했다.

"착한 아들, 훌륭한 아버지, 좋은 형제, 선량한 남편이 아닌 사람은 그 누구도 훌륭한 시민이 될 수 없다."

그리고 1804년 제정된 '나폴레옹 시민법'은 보잘것없는 아내의 지위를 신성시하고, 가족 구성원의 단결을 고려하여 이혼권을 대폭 제한하는 조치를 취했다. 결혼 생활을 한 지 20년이 지난 경우, 그리고 아내가 45세 이상일 경우 이혼을 금지한 것이다. 이처럼 19세기에는 남녀의 사랑에 대한 두려움과 열정의 고귀함 사이에서 판결을 내리지 못하고 주저했다면, 20세기에는 후자에 유리한 쪽으로 확실히 결론이 난다.

하지만 낙관적인 예측들은 모두 빗나가고 말았다! 무릇 새로운 권리란 그것을 사용하고 남용하는 데 아무런 제한이 없음을 전제로 하는 것이다. 그러나 이혼이 이처럼 자유롭고 간소화되면서 이혼이 거둔 성공은, 균형의 회복이라기보다는 차라리 격변에 가깝다. 이는 무엇보다 숫자가 잘 보여 주고 있다. 프랑스의 경우 결혼하는 커플의 수가 1970년 40만 명, 2008년 27만3,000명, 2009년 26만5,000명으로 40년 동안 꾸준히 감소한 데 비해, 이혼율은 1965년 10퍼센트에서 2007년 50퍼센트로 급증했다. 이러한 경향은 프랑스뿐 아니라, 독실한 가톨릭 국가로 이혼과 낙태가 여전히 불법인 몰타 섬을 제외한 전 유럽에서 동일하게 나타나고 있다. 이혼율은 주로 도시 지역에서 지속적인 증가세를 보이고 있다.

병사의 절반을 잃고 신병을 모집하느라 애를 먹고 있는 군대를 두고 과연 무슨 말을 할 수 있을까? 한 마디로 깨끗한 참패다. 게다가 이혼을 요구하는 쪽은 대부분 여성들이다. 많은 여성들이 경제적으로 자립하고 자유자재로 피임을 할 수 있게 되면서, 예전에 비해 남편의 필요성을 느끼지 못하는 것이다. 체념은 더 이상 여성의 전유물이 아니며, 그 옛날 횡포한 남편들이 가하던 온갖 악행과 굴종을 참아 내던 여성들의 인내심은 이제 자취를 감추었다.

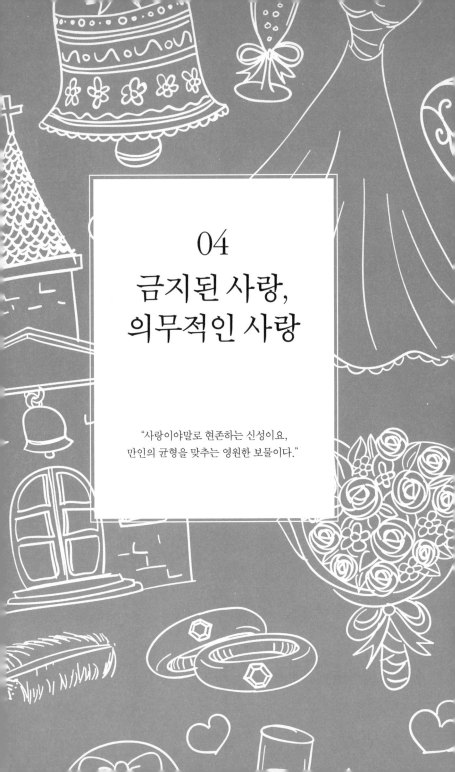

04
금지된 사랑,
의무적인 사랑

"사랑이야말로 현존하는 신성이요,
만인의 균형을 맞추는 영원한 보물이다."

어쩌다 '위대한 꿈'을 품고 장려하던 제도가 실패로 변질되었을까? 정답은 1884년 출간된 프리드리히 엥겔스Friedrich Engels의 《가족, 사유재산 및 국가의 기원Des origines de la famille et de la propriété privée》에서 찾을 수 있다. 마르크스의 가장 가까운 동지였던 엥겔스는 "일부일처제를 등에 업고 이룬 가장 위대한 도덕적 진보는, 이전에는 알려진 바 없던 남녀 간의 근대적이고 개인적인 사랑이다."라고 평가했다. 그는 프롤레타리아 혁명이 성공하여 자본주의와 자본가 계급이 휩쓸려 지나가고 나면, "남자가 돈이나 사회적 권력으로 여자의 육체적 허락을 얻어 낼 수 없는 세대, 여성이 진실된 사랑이 아닌 다른 이유로 남자에게 제 몸을 맡기거나, 사랑은 하지만 거부할 경우 입게 될 경제적 여파가 두려워 몸을 허락하는 일은 결코 없을 그런 세대"가 출현하리라고 예측했다. 엥겔스는 이혼권을 옹호하면서도, 다음과 같은 기본 설명을 덧붙였다.

> "사랑을 토대로 한 결혼만이 유일하게 도덕적이며, 사랑이 지속되는 결혼 또한 마찬가지다."

간단히 말해서, 애정이 사라지면 부부는 부도덕에 빠진다는 말이다. 부부간에 적당히 맞추며 살라고 권고하는 게 아니라 서로 열렬히 사랑할 것을 엄중히 명하는 것이다! 소시민적 진부함의 상징인 결혼이 절대적이고 맹목적인 욕망의 화려함을 추구하다니, 이 얼마나 아이러니한 일인가! 어제의 금지사항이 하루아침에 지상명령이 되었으니, 그것은 바로 사랑의 예찬이다. 거래를 바탕으로 한 결합은 금지되었으므로, 서로 마음을 주고받는 결혼이 아니면 살아남을 길이 없다! 사랑은 단지 세속의 약속에 불과한 결혼에 종교의식을 능가하는 신성성을 부여한다. 진실되게 마음을 표현하기만 하면 결혼은 누구나 도달할 수 있는 유토피아가 되는 것이다.

이러한 시의적절한 명령을 내린 사람이 엥겔스만은 아닐 게다. 1875년 공화당 의원 샤를 알리Charles Alric는 배우자 간의 애정 고백이라는 '신비주의적 감동'을 옹호하는 투쟁을 벌였다.

> "사랑이 다시금 영원불멸의 존재가 되어야 할 때다. 사랑은 부부 결합의 결정적 동기이자 필수 조건이다. 사랑만이 사람들 간의 조화를 식별해 내거나 창출하는 특징을 지니고 있다."

교회는 그때까지 줄곧 일시적인 정열을 불신했지만, 이러한 주장에 대한 기독교인의 생각은 명백하다. 가톨릭 신자로서 교육자이자 청소년 직업 육성가였던 에두아르 몽티에Eduward Montier 또한《어느 소녀에게 보내는 편지Lettre a une jeune fille》(1919)에서 노동자 계급의 감상주의적 태도를 옹호하는 장문의 변론을 펼쳤다.

> "사랑이야말로 현존하는 신성이요, 만인의 균형을 맞추

는 영원한 보물이다."

기억할지 모르겠지만, 이러한 격변의 주인공으로서 세간의 주목을 받은 이는 단연코 에드워드 8세일 것이다. 영국의 왕위 계승자로서 열렬한 나치 지지자이기도 했던 그는, 한때 히틀러의 하수인 폰 리벤트로프von Ribbentrop의 정부였던 미국인 이혼녀 월리스 심슨과 내연의 관계를 유지하다가, 그녀와 결혼하려고 1936년 12월 10일 양위를 선택한다. 사랑의 황홀감이란 과연 옥좌에 비견할 만하다!

이런 풍조가 오늘날 어쩌다 이렇게 타락하게 되었을까? '일시적 연애'의 전도사 격인 소비자 운동 식의 사회 풍조가 만연한 탓으로 보는 견해가 일반적이다. 하지만 그 반대였다면? 1960년대에 이루어진 육체의 재평가와 순수한 마음을 복원하려는 낭만주의적 경향이 겹치면서, '사랑의 해방'이 정신적 혼란을 일으킨 원인이 되었다면? 달리 말해서, 제2차 세계대전 전까지는 결혼이 사랑의 무덤이었다면, 그 뒤로는 오히려 사랑이 혼인율을 지속적으로 떨어뜨리고 커플을 이룰 가능성마저 소멸시킨 결과, 오늘날 결혼은 사랑을 반영하는 확대경에 지나지 않게 되었다. 전자, 곧 결혼에 가해지던 모든 비평이 이제는 사랑에 적용된다. 두 사람의 생활 공동체의 성능이 처음부터 재검토되기 시작한 것이다.

프랑수아 모리아크François Mauriac가 소설 《밤의 종말Thérése Desqueyroux》(1927)에서 훌륭한 솜씨로 묘사한 바와 같이, 과거 여성들의 결혼 생활은 '가족이라는 살아 있는 창살'에 갇혀 속절없이 시들어 가는 감옥과 같았다. 그 벽은 허물어졌지만, 이제 우리는 마음속에 '완벽한 사랑'이라는 감옥을 품고 산다.

과거의 사랑은 아름답지만 억압당한 채 온갖 미덕으로 장식되어 있었다. 사랑이 자유롭게 해방된다면, 사랑이 지나간 자리에 참담함 만큼이나 무한한 기쁨이 남을 것이다. 그런데 오늘날 사랑을 실천하기가 이다지도 힘들게 느껴지는 까닭은 무엇일까? 신을 섬기듯 사랑을 숭배하고, 사랑이 우리 사회의 알파와 오메가가 되었기 때문이다. 이상적인 사랑을 논하기 시작하면 그 높이까지 오를 수 없는, 스스로 부족하다고 여기는 수많은 낙오자들이 생겨날 터. 이제는 육체적 쾌락조차도 지위에 맞게 처신하고 입증해 보여야 한다. 쾌락에 따른 전율 또한 유식해 보여야 하며 전투적이어야 하는 것이다.

중세까지만 해도 범죄에 속했던 성교는, 이젠 영광의 타이틀이자 자아의 성숙을 시험하는 기회가 되었다. 행복하지 않다는 이유로 자신을 불행하게 만들 듯이, 사람들은 '미친 듯한 사랑'을 경험하지 못할까 봐 불안해 한다. 앙드레 브르통 Andre Breton이 말한 '미친 듯한 사랑'은 애정이 아닌 신들린 상태를 찬양하는 끔찍한 표현이다. 광적이지 않은 모든 사랑은 체험해 볼 가치가 없다는 것이다.

사랑과 결혼을 혼동한 나머지 결혼을 길들이고 사랑을 마음껏 풀어놓은 결과, 이제 사람들은 결혼은 덜 하고 이혼은 더 많이 하며, 자신의 감정을 흐르는 대로 내버려 두려고 내연 관계를 선택한다. 이제는 함께 살거나 아이를 가지려고 시청에 갈 필요가 없다. 대부분의 유럽 국가에서 결혼식은 무용지물이 돼 버렸다. 이로써 얻은 이중의 교훈은, 부부가되는 과정이 너무 수월해진 나머지 그것을 달가워하지 않게되었다는 것, 하지만 제 아무리 멍에가 가벼워도 여전히 견고한 속박을 견뎌 낼 인내심을 강조하기는 마찬가지라는 것이다.

물론 몇몇 종교나 사회에서 나타나는 모골 송연한 본보기와 같은 강요된 결혼으로 되돌아가는 일은 결코 없을 것이다. 하지만 두 사람이 자유롭게 내린 결정이라고 한다면, 타산적인 결혼으로 복귀할 것을 고려한다고 해도 걸림돌이 될 것은 없다. 문제는 이성과 감정 중에 무엇을 따를 것인지가 아니라, 합의된 결혼과 강요된 결혼 중에서 무엇을 선택할 것인지이다.

이제는 우리가 이룬 성과에 희생이 따른다는 사실을 인정하고, 일괄적인 전진이 아니라 부분적인 퇴보의 형태를 띤 진보를 재고해야 한다. 기쁨을 가져다주는 것은 또한 비탄을 불러오기 마련이며, 심한 회의는 실패가 아닌 성공에서 비롯되는 법이니까. 사랑은 결혼에 이르는 과정에서 뛰어난 역할을 유감없이 발휘한 뒤, 내부에서부터 결혼을 파괴한다. 새로운 세상이 열렸다고 해서 달라진 것은 아무것도 없다. 우리는 여전히 마음속에 우유부단이라는 골칫거리를 끌어안고 시달리고 있다. 지난 수세기 동안 우리는 감성에 대한 찬사와 열정에 대한 비난 사이에서 망설였다. 당혹의 시대를 지나온 것이다. 갈등은 완전히 해소되지 않았다. 다만 우리의 바람에 따라 또 다른 차원의 문제로 연장되었을 뿐이다. 수많은 문학작품과 영화들이 이를 증명한다.

오늘날 사랑의 지도는 좀 더 노골적이긴 해도 그다지 유쾌하거나 경쾌하지 않다. 과거와 마찬가지로 부정·상실·배반이 줄거리의 대부분을 이루며, 그 결합이 강제된 것이 아니라 자유의사에 의한 것인 만큼 그로 인한 환멸은 더더욱 크다. 지난날 징역살이용 감방이었던 가정이, 이제는 환상에서 깨어나는 감방으로 변모한 듯하다. 조상들과 마찬가지로 우리도 사랑의 고통을 해결할 방법을 찾지 못한 탓이다.

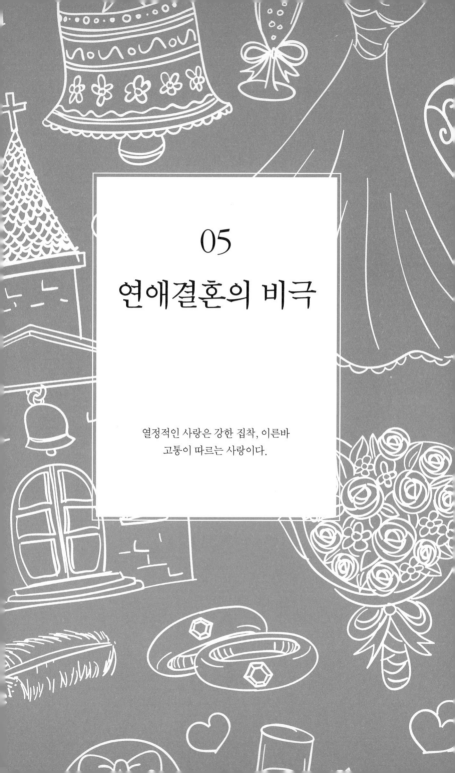

05
연애결혼의 비극

열정적인 사랑은 강한 집착, 이른바
고통이 따르는 사랑이다.

연애결혼의 비극은, 예외적인 것을 규격화하고 그로부터 규칙을 만들어 냄으로써, 고리타분한 복음서의 신조에 따라 사랑을 가치 중의 가치이자 도덕관념의 금본위로 변형시키려 드는 데서 시작된다. 따라서 그러한 우상에 관해 언급하고 이를 탓하기보다는, 부부 클리닉 시장과 개인주의를 공격하는 편이 차라리 낫다.

모든 어려움은, 상반되는 것을 동시에 명확히 드러내지 않고는 사랑에 대해 아무것도 단정할 수 없다는 데에서 비롯된다. 사랑은 두려운 동시에 매혹적이며, 이기주의와 탐욕을 지칭하면서도 정화·열중·인내와 같은 자기희생의 의미를 담고 있는 일종의 혼성어混成語이다. 이와 동시에 사랑은 시간의 흐름에 따른 파손과 망각에 내성이 강한 모든 활력, 그리고 관능과 감정의 타오르는 불길에 영속성을 부여하려는 도전이다. 사랑은 항구 불변한 의지이자 격렬한 욕망이며, 이 둘은 모두 진실된 것이다. 따라서 대가를 바라지 않는 지고지순한 사랑을 예찬함으로써, 모든 해악의 해결책을 사랑에서 구하려는 시도는 너무나도 안일한 사고방식이다. 사랑의 놀라운 복합성을 간과해서는 안 된다. 그렇지 않으면 사랑을 오도함으로써, 극단적이고 무미건조하며 보통 사람들은 실현 불가능한 규정 속에 사랑을 가두게 된다.

이러한 관점에서 볼 때, 오로지 사랑의 격렬함만으로 한 쌍의 커플을 판단하는 것은, 그들에게 부적격 판정을 내리고 두 사람이 제대로 사랑하지 않으며 마음을 사로잡는 감동이 뭔지 통 모르는 것 같으니 하나부터 열까지 다시 배우라고 설교하는 것과 같다. 이는 곧 방만한 사랑을 교정하는 임무를 맡은 교관들을 두둔하는 일이기도 하다. 그들은 불완전한 관계를 바로잡겠다며 더더욱 열정을 불태우라고 명하는데, 이는 병을 낫게 한답시고 환자에게 유해 물질을 투여하는 것과 같다. 한마디로 불난 집에 부채질하는 격이다!

'위기관리 전문가'라 불리는 이 치료사들은 불화를 팔아서 옛날 같으면 상식에 속했던 내용들, 이를테면 '상대에게 양보해라' '상대를 배려해라' '친절한 행동으로 상대를 감동시켜라' 등의 설교를 처방전이라는 이름 아래 터무니없이 비싼 값에 팔기 일쑤다. 상대를 놓고 지루한 설교와 흔해빠진 말을 늘어놓으며 경쟁을 벌이는 것이다. 질병과 충치가 완전히 정복되면 의사들이 설 자리를 잃게 되듯, 배우자 중 한 쪽이 바람이라도 피게 되면 부부는 그들이 권장했던 열렬하고 변함없는 사랑 때문에 파산에 이르고 만다.

현재 우리는 하나에 모든 걸 다 걸면서 '모 아니면 도' 식의 환상을 꿈꾼다. 이렇게 단 하나의 존재에 내가 가진 모든 열망과 동경을 집약시켰다가, 임무를 완수하지 못하면 그 존재는 철저히 배제되고 만다. 순정과 에로티시즘, 자식 교육과 사회적 성공, 일시적인 흥분과 지속적인 애정, 이 모든 걸 양립시키려 드는 것은 미친 짓이다.

요즘 부부들이 갈라서는 이유는 이기주의나 물질만능주의

때문이 아니다. 치명적인 영웅주의와 스스로 지나치게 원대한 꿈을 꿈으로써 관계가 소원해지고, 철조망 가시에 찔리는 죄수들처럼 너무 거창한 환상을 품음으로써 서로 상처를 입힌다. 여자는 엄마인 동시에 애교가 넘치는 친구 같은 아내이자 씩씩한 투사여야 하고, 남자는 아빠이자 다정한 연인 같은 남편이어야 하며 동시에 돈 버는 기계여야 한다. 이러한 조건을 충족시키지 못하는 이들을 조심할 것! 부부간의 갈등, 노화, 육체적 피로를 일으키는 원인으로 한 가지 더 덧붙일 것이 있으니, 그것은 바로 과도한 야망이다. 지위에 맞게 처신하려 들고 일상적인 일은 날림으로 해치우면서 열정은 극대화하려 드는 부부는, 너무 많은 짐을 실은 배처럼 침몰하고 만다. 이들에게 자비를! 심리적 충동 기제에 따른 절정의 신화는, 경제 분야의 작업 효율과 똑같은 메커니즘을 갖고 있다.

그러니 '나는 이상주의자다!'라고 외치는 사람이 있다면 무조건 멀리하고 볼 일이다. 그 말은 곧 '나는 거만하기 이를 데 없는 사람이라 시시껄렁한 사람은 상대하기 싫다. 엄정한 잣대로 당신을 평가하겠다.'라는 뜻이기 때문이다. 이 말에

드러난 위엄을 감안할 때, 당신은 당신을 깎아 내릴 만반의
준비를 갖춘 과격한 검사의 혹독한 비판을 들어야만 할 것이
다. 그 사람이 평가하는 것은 당신이 아니라 자신이 추구하는
이상형에 당신이 얼마나 부합하는가일 테니까.

　무분별한 플라톤주의는 사람 그 자체보다 사랑을 더 사랑
함으로써, 다른 누구와도 견줄 수 없는 한 개인을 소중히 여
기기보다는 대체 가능한 존재들을 통해 사랑을 추구하며, 어
느 누구도 자유를 포기할 만한 인물이 못 된다는 듯 가상의
융화에 빗대어 현재의 애정 관계를 비방한다. '내가 받은 보
상과 대가는 내가 기대했던 것보다 턱없이 부족하다. 나는 이
것보다 훨씬 가치 있는 사람이다.' 이런 끔찍한 말도 있지 않
은가. '최고의 미녀는 타고난 몸 외에 다른 것은 줄 수 없다.
하지만 그녀가 지닌 것이 너무 황홀하므로 우리는 그것을 하
사한 그녀에게 감사하며 굴종하게 되리라.'

　정말 견디기 힘든 부조리는, 부부가 수많은 역할 중에 '성
숙함의 본보기'가 되어야 한다는 사실만을 명심하게 된 이래
로, 부부 관계를 지속하기가 더 힘들어졌다는 사실이다. 어떻

게든 결혼 생활을 성공적으로 이끌려고 하다 보니, 불안감에 지친 나머지 '엔트로피의 법칙'[■]과 '로스타임'의 무료함을 두려워하게 되었기 때문이다. 상대에 대한 긴장이 조금만 풀어져도 사랑의 실패 혹은 철회로 받아들인다. 열렬한 사랑은 그것이 구현됨에 따라, 즉 규격화됨에 따라 바로 그 사랑의 실패 여부를 판단하는 시금석이 되며, 그러한 광기에 더 높은 가치를 부여할수록 부부는 위험에 빠지고 만다.

둘의 관계가 문자 그대로 그러한 열기의 지배 아래 놓이면, 상대와 자기 자신의 경계는 점점 모호해진다. 가정이 고도의 우아함과 극도의 진부함이 벌이는 어마어마한 전투의 장으로 변하는 탓이다. 미친 듯한 사랑, 온갖 매스 미디어가 확산시킨 저속하고 '모호한 사랑'은 사랑하는 연인들의 물음에 답해야 한다. 출처를 알 수 없는 불분명한 사랑은 자신을 규정하는 정의들 사이에서 중재를 거부함으로써, 자신이 고귀한지 하찮은지, 상투적인지 위험한지, 일시적인 바람인지 확고

■물리학의 열역학 제2법칙. 에너지와 사물이 시간의 흐름에 따라 질서에서 무질서로, 쓸모 있는 데서 쓸모없는 데로 변하여 간다는 법칙이다.

부동한 의지인지 드러내지 않는다.

열정적인 사랑은 강한 집착, 이른바 고통이 따르는 사랑이다. 그것은 치열한 투쟁이요, 끊임없는 축적이며, 고조된 감정의 세계이자 지속적인 마주보기이다. 그 말을 발음하기 무섭게 광풍, 눈물, 함성, 짜릿한 도취감의 이미지들이 떠오를 테지만, 그것 못지않게 우리에게 필요한 것은 쾌활하고 한결같으며 환희에 찬 사랑이다. 두 사람이 함께 살기 위해, 용어의 규범적 의미에 엎드려 절할 필요는 없다. 서로 존중하고, 취향을 공유하며, 조화롭게 공존하며 실현 가능한 모든 행복을 추구하는 것으로 족하다. 결혼 생활이 지속되기를 바란다면, 충만함을 판단하는 일방적인 기준에 억지로 맞추려는 어리석은 짓은 그만두자.

사람을 좋아하는 방식은 여러 가지다. 당신이 다른 사람의 방식을 어떻게 평가하든 간에 상관없이 모든 방식은 똑같이 정당하다. 그러한 판단은 늘 도리에 맞지 않을 뿐만 아니라, 일종의 심리적 불안 상태에서 비롯되기 때문이다. '내가 착각한 거라면?' '내가 길을 잘못 든 거라면?' 하는 식으로 말이다.

　부부란 알다가도 모르는 사이여서 실패한 결혼이든, 성공한 결혼이든 다른 사람의 눈에는 수수께끼처럼 보이기 마련이다. 과도한 애정 표현과 지나치게 밀접한 관계 때문에 시들해지는 부부, 잘 맞지 않아도 오랜 세월 동안 그럭저럭 살아가는 부부, 걷잡을 수 없는 사회적 야망에 이끌리는 부부가 있는가 하면, 파멸과 참화를 퍼뜨리는 해로운 부부, 자신들을 찬탄해 마지않는 이들의 일이라면 무조건 팔을 걷어붙이고 나서는 오지랖 넓은 부부, 상대를 부풀리는 기쁨에 푹 빠져 나란히 체중을 늘려 가는 부부, 주위 사람을 향한 흘러넘치는 아량으로 활기를 불어넣는 부부까지.

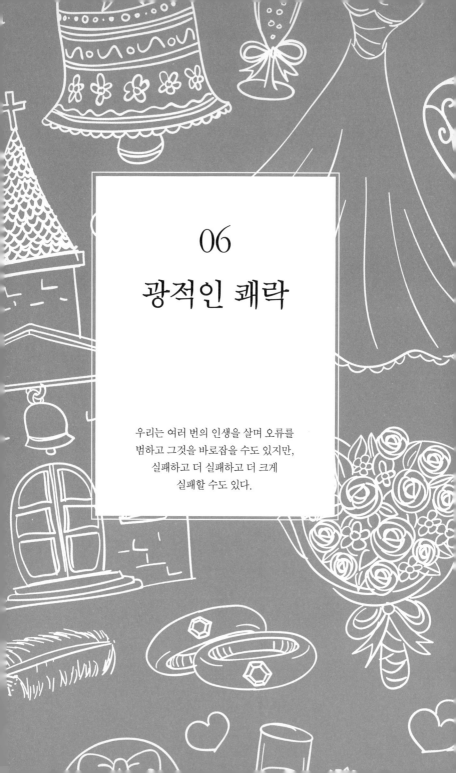

06
광적인 쾌락

우리는 여러 번의 인생을 살며 오류를
범하고 그것을 바로잡을 수도 있지만,
실패하고 더 실패하고 더 크게
실패할 수도 있다.

이혼의 남발은 연애결혼의 역설적인 성공을 부각시킨다. 연애결혼에서 완전하고 무한한 기쁨을 기대한 나머지, 작은 흠집만 보여도 결혼을 취소하려 드는 것이다. 반면 타협을 토대로 한 결혼은 헛된 기대를 불러일으키지 않으므로 실망할 위험도 없다.

이혼이 경제적 곤궁을 초래하고 노년에 홀로 방치될 위험성을 안고 있음에도 불구하고, 아내들은 위기가 닥치는 순간 바로 갈라선다. 안락한 생활을 누리던 사람들이 기본적인 이권을 외면하고, 자존심이 상한다거나 고달프다는 이유로 모든 걸 포기한 채 처음부터 다시 시작하기로 마음먹는 것은 아연실색할 만한 일이다. 이는 파탄을 부르는 비극이다. 파탄 지경에 이르러 마음이 들뜬 나머지, 한 번 더 자신의 운을 시험해 보겠다는 생각으로 생판 모르는 남에게 행복을 제물로 바치는 짓이다. 그야말로 훼손을 향한 광적인 쾌락이다.

그래도 이 편이 별도의 거처를 마련할 방도가 없다는 이유만으로 서로 죽도록 미워하면서 계속 한 지붕 밑에 살아가는 부부들보다는 낫다. 한편 관계를 완전히 끊지 않고 이중생활을 하는 사람들도 있다. 이전 배우자를 자기 집이나 근처 가까운 곳에 데려다 놓고 공동생활을 하면서, 소중한 사람들과의 관계에서 폭넓은 선택의 여지를 그대로 유지하는 것이다.

이혼하는 부부는 크게 젊은 연령층과 50대 이상의 중·장년층 두 부류로 나뉘는데, 이 중에서 과하게 활력이 넘쳐 회춘을 갈망하는 나이 든 집단을 살펴보도록 하자. 이들은 중산층이든 상류층이든 비교적 부유하고 건강 상태가 양호하여 삶을 만끽하려 들며, 옛날 같으면 벌써 노화 증세를 보이고 병석에 누워 있을 나이에 광적인 제2의 사춘기를 맞이한다. 마음과 정신의 탈선은 언제든 일어날 수 있다. 비아그라가 이미 체념한 지엄하신 어르신들께 아랫도리의 평화를 깨는 황홀한 힘을 부여하여 화석이 된 줄로만 알았던 기관을 되살려 냄으로써 여러 가정을 파탄으로 몰고 갔다. 머지않아 여성들에게도 똑같은 기회가 찾아올 것이다.

스포츠·여행·육체적 방탕에 몸을 던지고, 마지막에 던진 주사위로 평생의 반려자를 몰아내게 만드는 머리 희끗한 어르신들의 탐욕은, 수명의 연장에서 비롯된 일이기도 하다. 여성들의 평균 출산 연령이 30세에 달하고, 의학적 성과로 '폐경'이란 장애물이 제거될지도 모를 일이다. 이때 우리에게는 연속적으로 여러 번의 삶을 살 수 있는 기회, 한참 나이 든 뒤에 젊었을 적 습관들을 되찾을 가능성 같은 매우 전략적인 시간이 주어질 것이다.

이 위대한 재개야말로, 신자들조차 낙원을 믿지 않게 된 이래 우리 사회가 발굴해 낸 영원성의 유일한 존재 형태다. 한 남자, 한 여자의 생애에 여러 번의 인생이 있고 그 삶의 모습들이 각기 다를 수 있다. 우리는 여러 번의 인생을 살며 오류를 범하고 그것을 바로잡을 수도 있지만, 새뮤얼 베케트Samuel Beckette가 말했듯 "실패하고 더 실패하고 더 크게 실패할 수도 있다." 기존 시간의 시퀀스를 뛰어넘어 운명을 조롱하고 스스로 도취와 감동과 기회를 부여하는 것보다 더 멋진 일이 어디 있겠는가! 역전의 기회는 가능하다. 초혼보다 두 번째, 세 번째 결혼이 성공적인 경우가 대부분이다.

19세기에는 사뭇 달랐다. 발자크의 《두 젊은 기혼 여성의 수기》에 나오는 여주인공은 이렇게 외친다.

"나이 서른에 그런 일을 당하다니 인생 볼 장 다 본 거야. 몇 년 후면 할머니가 될 테지…."

요즘 사람들은 노인이 될 때까지 철이 들지 않는다. 이제 성년기는 사라졌다. 분별력조차 사라지고 없는지, 생체시계를 거꾸로 돌려 애들이나 하는 엉뚱한 짓을 벌이는가 하면, 젊은이들은 스무 살이 되기 무섭게 동거에 들어가고 그 부모들은 시시덕거리며 수도 없이 바람을 피운다.

레옹 블룸은 고비를 넘긴 뒤에는 격정이 완화되면서 결국엔 부부 관계가 자리 잡힐 거라고 내다봤다. 하지만 나이를 먹는다고 더 신중해지는 것은 아니어서, 죽음을 코앞에 둔 나이에도 중년의 마魔는 엄습한다. 예전과 달라진 게 있다면, 오늘날의 우리는 그 어느 때보다도 욕구불만 상태로, 매 순간 어떤 일이든 가능하다고 생각한다는 점이다.

07
분노한 연인들의
원무

"어떻게 사랑이 주는 참혹한 후회와
극심한 고통에 자신을 내맡긴단 말인가?"

사랑에서 경계해야 할 것은 끈질긴 지속성이 아니라 변덕스러움이다. 사랑했던 대상을 발 동동 구르게 하고 한눈팔게 만드는 태도의 급변, 애지중지하다가 소홀히 여기고 등한시하다가도 흥분하게 만드는 게 사랑이 아니던가. 생명력의 신 에로스는 놓치지 말아야 할 기회를 머리칼에 모아두며, 불화의 여신 에리스, 기회의 신 카이로스도 마찬가지다. 또한 맹목적인 궁수 큐피드는 무턱대고 활을 쏘아 불행의 씨를 뿌린다.

프랑스의 여성 소설가 마리 라파예트Madame de Lafayette의 연애소설 《클레브 공작부인La Princesse de Cléve》을 보자. 궁정 제일

의 미인으로 클레브 공작과 결혼한 여주인공은 우연한 기회
에 만난 느무르 공작과 사랑에 빠진다. 하지만 클레브 공작부
인은 뒤늦게 자신의 경솔함을 어렴풋이 느끼고, 남편이 죽은
뒤에도 느무르의 뜻을 따르지 않는다. 악명 높은 엽색가인 느
무르는 연인이 되면 지체 없이 배신할 위인이다. 처음의 흥분
이 가라앉고 난 뒤 식어 버린 그의 열정은, 새로운 대상을 향
해 돌아설 것이 분명하다.

> "그녀는 그때까지 불신과 질투가 유발하는 극도의 불안
> 을 모르고 있었다. 느무르에 대한 자신의 사랑을 부인
> 하는 데 급급했고, 다른 여자에게 그의 사랑을 빼앗기진
> 않을까 하는 두려움 따위는 아직 싹트지도 않을 때였
> 다. … 그녀는 여자들 사이에서 그토록 경박한 태도로
> 일관했던 느무르 같은 남자에게 진실되고 변함없는 사
> 랑이 가능할 리 없다는 것을 생각조차 해 보지 않았다는
> 사실에 깜짝 놀랐다. … 그러니 어떻게 사랑이 주는 참
> 혹한 후회와 극심한 고통에 자신을 내맡긴단 말인가?"

클레브 공작부인은 부덕婦德과 정절의 화신이 아니라 신중함의 본보기로서, 극심한 감정 기복에 빠질 위험을 감수하고 몸서리쳐지도록 고독한 과부의 삶을 택한다.

1784년 칸트는, 다른 사람들과 어울리는 걸 썩 내켜하지 않으면서도 교류를 가지려고 자기 자신을 충돌질하는 이들의 '비사교적 사교성'▪을 지적한 바 있다. 또한 괴테는 '분해자' 또는 '분석가'로도 불렸던 화학자들의 작업에 관심을 갖기도 했다. 원소를 해리시켜 새로운 원소를 만들어 냄으로써 과학의 비약적인 발전을 추동한 그들의 학문은, 남녀 사이에 생겨나는 밀고 당기는 사랑의 감정을 자연계의 물질을 관찰하듯 묘사한 괴테의 소설 《친화력Die Wahlverwandtschaften》의 소재가 되었다. 하지만 괴테는 장차 어마어마한 격동이 일어 열정의

▪칸트는 이기적인 개인들 사이의 갈등과 적대 관계를 '비사교적 사교성'이라 일컬으며, 이를 인간의 본성 중 하나로 보았다. 인간 사회에서 일어나는 여러 가지 적대 관계를 통해 인간들의 능력이 발휘되고, 자기 의지대로만 살려는 반사회적 경향이 각 개인의 자연적인 소질을 계발시킨다는 것이 칸트의 주장이다. '비사교적 사교성'이라는 적대 관계가 역사 발전의 원동력이라는 칸트의 견해는 헤겔의 변증법과 마르크스의 모순론 형성에 영향을 끼쳤다.

해방이 일어나리라고 상상이나 했을까? 하기야 우리의 실패는 고통스러우면서도 어이없는 것인 만큼 큰소리로 웃어넘기는 편이 나을 것이다. 현대 거대도시의 풍경은, 사건의 반전과 찌를 듯한 아픔, 침울한 반추, 머리칼을 쥐어뜯으며 뒤엉킨 여자들의 싸움질, 새로운 고통이 따르는 성급한 화해가 담긴 희극을 연상시킨다.

도심의 일부 계층에서는 부모가 이혼하지 않은 아이들의 수가 한 손에 꼽을 정도밖에 안 된다. 아이들은 여행 가방을 옆에 낀 우스꽝스러운 행색을 하고 부모 사이를 오가거나, 반대로 부모가 체결한 합의 사항에 잠자코 따라야 한다. 이런 모습은 보는 사람의 성향에 따라 몰락한 사회 분위기를 반영하는 풍경으로 받아들여지거나, 반대로 대단히 세련된 삶의 모습으로 받아들여질 수도 있다. 연동 효과로 인해 전체 집단을 분열로 내모는 '모방 이별'은 말할 것도 없거니와, 갈라선 커플들이 보여 주는 끔찍한 원무圓舞는, 리비도와 사랑의 신속한 연소에서 비롯된 풍경이다.

헤어짐과 만남이 만연하면서, 마치 보이지 않는 안무가의 지시대로 경탄에서 실망으로 넘어갔다가 또다시 실망에서 경탄으로 넘어가는 코미디가 수도 없이 반복되며 복제되고 있다. 달아나려고 기를 쓰면서도 서로 찾아 헤매고, 뜨겁게 달아올랐다가 이내 식어 버리기를 반복한다. 특히 인구밀도가 높은 대도시는 유혹에 노출될 확률도 높기 때문에, 초라하기 짝이 없는 '독신 기계'들이 빠른 속도로 늘어 간다. 그렇게 해서 도시의 젊은 층에서는 나이와 사회계층을 불문하고 미해결 골칫거리들이 우후죽순 생겨나고, 막강한 사랑의 예비군인 수백만 명의 '솔로'들이 양산되고 있다. 경박함과 완고함의 이종교배, 이는 어쩌면 치명적인 결과를 낳는 우리 시대의 방정식일지도 모른다. 사람들의 변덕스러운 마음은 완전함을 추구하는 성향 탓도 있다. 구원의 비종교적 형태가 된 사랑에 모든 걸 기대한 결과이다.

08
버림받은 사람들

"사랑이 상처받으면 최소한의
아량마저도 사라지게 된다."

이혼에는 광신자, 희생자, 전도자가 따르기 마련이다. 어떤 이들은 친지들을 불러 잔치마냥 이혼식을 올리기도 하고, 영국의 일부 백화점에서는 두 사람이 각각 좋은 조건 아래서 새 출발하는 걸 돕는다는 취지에서 이혼 목록을 비치해 두기도 한다. 파리에서는 2009년 결혼 및 팍스Pacs■ 컨설팅 사무소가 문을 연 데 이어, 이혼 및 별거로 독신자가

■공동생활 약정pacte civil de solidarite : 1999년에 마련된 법안으로 18세 이상의 동거인들에게 결혼하지 않고도 법적 부부가 누리는 사회적 혜택을 받을 수 있도록 보장해 주는 법적 장치. 팍스는 구속력이 강한 결혼과 자유로운 동거의 중간에 해당하는 것으로 이성애자 커플뿐만 아니라 동성애자 커플에게도 같은 효력을 지닌다.

된 이들을 대상으로 한 '새로운 출발'이라는 컨설팅 사무소도 생겨났다.

고통스러운 사건을 긍정적으로 받아들이려는 이런 경향은 《이상한 나라의 앨리스》의 에피소드를 떠올리게 한다. 살을 베이기 전에 피가 나고, 통증을 느끼기도 전에 상처가 아무는 앨리스 이야기 말이다. 그런 식이라면 혼인서약을 하기도 전에, 결혼 당일 결산서에 서명을 하기도 전에 마음이 멀어져서, 예방 차원이라는 명목 아래 변호사들을 투입할 수도 있으리라. 하지만 아무리 이혼이 허용된 일이라고 해도, 마치 결합하지 않고 철회하기를 잘했다는 듯, 환희를 느껴야 할 순간에 이혼을 준비하는 건 너무 지나친 일이 아닐까? 가슴팍에 주렁주렁 매달린 훈장을 영광의 타이틀인 양 자랑스러워하는 구소련제국의 원수들처럼, 이혼 증서로 도배라도 하려는지 걸핏하면 이혼하는 건 또 어떤가?

이처럼 '불쾌감'이 '환희'로 전환되는 현상은, 놓칠 수 없는 기회만을 바라보려 하는 필연적 낙관주의를 대변한다. 이런 사람들에게 비탄은 그저 일상일 뿐이다. '지금 막 일자리를 잃었다고? 이봐, 당신 앞엔 수많은 기회가 열려 있어!' '암

진단을 받았다고? 즐기라고! 암으로 인해 당신의 삶은 근본적으로 달라질 거야!' '여친한테 차였다고? 할렐루야, 당신은 이제 자유야!'

'심각하게 여기지 마라.' 이것이 바로 암호다. '그이가 날 버리면, 그날 밤 당장 인터넷 만남 사이트에 들어가 볼거야.' 바람둥이 애인을 둔 젊은 여성들의 이런 사고방식은, 어떠한 일이 벌어져도 충격받지 않고 최악의 상황마저도 믿고 일어서는, 고통을 대수롭지 않게 여기는 주관적 시각, 끊임없이 샘솟는 자유, 기억이나 고통 따윈 없는 단순하고 독창적인 비약을 나타낸다. 자신을 꾸미고 지어내는 사회에서 더 이상 비극은 없다. 체결했다가 파기하는 계약만 있을 뿐. 이것이야말로 낙관적 이데올로기가 우리에게 암시하는 바다.

결별로 인해 크게 상심한 사람들, 버림받은 배우자, 화분에 담긴 화초처럼 이 집에서 저 집으로 옮겨지며 새로운 환경에 적응해야 하는 아이들에게는 유감스러운 일이지만 어쩔 수 없다. 오스트리아의 철학자 프리드리히 하이에크Friedrich Hayek는 시장경제 시스템을 바탕으로 한, 적에서 친구로의 전환을

'반전catalexie' 이라고 불렀다.

그렇다면 사소한 말다툼으로 말미암아 사랑하는 젊은 남녀가 철천지원수로 변모하는 역전 현상은 뭐라고 불러야 할까? 다른 사람을 숭배한다는 것은, 하늘처럼 떠받들던 대상을 얼마 안 가 바닥에 곤두박질치게 만들고 발가락 사이에 낀 때만큼이나 하찮은 존재로 여김으로써 상대를 악마로 변하게 만드는 것이다. 벵자맹 콩스탕Benjamin Constant도 말하지 않았던가.

"사랑은 모든 감정 중에서 가장 이기적인 감정이며, 사랑이 상처받으면 최소한의 아량마저도 사라지게 된다."

노부부들 사이에 켜켜이 쌓여 있는 이러한 증오는 시한폭탄만큼이나 무시무시하다! 그들이 결별하는 이유는 평화를 얻고 자기 자신을 되찾기 위해서일 뿐만 아니라, 다시 한 번 사랑의 떨림을 맛보고 '처음'이 주는 감동을 되찾고 싶어서이다. 그렇게 시작된 폭력적 결별은 미리 준비하고 각오한 것이 아닌만큼, 거치적거리는 배우자를 떼어 버리고자 싸늘

하게 식은 마음을 매우 구체적으로 표현하게 된다. 상대가 나에게 아무런 감정도 불러일으키지 못하는 존재가 된 것이 대가를 톡톡히 치러야 하는 일인 것처럼, 온갖 천박한 방법을 동원하여 결별 통보에 냉혹함을 배가시키는 것이다. 그중에서도 가장 최악의 방식은 20~30년을 둘이 잘 살다가 어느 날 아침 아무 말 없이 대문을 밀고 나가 영영 돌아오지 않는 것이 아닐까.

배우자와 이별하는 과정에서 제정신을 잃거나 극단적인 행동을 보이며, 녹초가 된 권투선수처럼 널브러지는 것은 그리 놀라운 일이 아니다. 법원에서 전 부인과 재산을 분할하라는 명령을 받고 가구, 텔레비전, 컴퓨터는 물론이고 하다못해 바닥에 깔린 카펫까지 반으로 갈라 나눠 가진 부부도 있다. 로버트 알트만의 영화 〈숏 컷Short Cut〉의 내용이 실제 현실에서 일어난 것이다. 독일에는 격렬한 언쟁을 피하고 불쾌한 일을 당하지 않아도 되게끔, 고객을 대신해서 이별을 통보하는 서비스를 하는 통신사도 있다고 한다.

헤어짐은 늘 받아들이기 힘든 법이지만, 때로는 무례함을 넘어 비열한 형태를 보이는 경우도 많다. 심각한 질병에 걸린 채 방치된 동거녀, 모든 걸 함께 나누며 학업과 꿈을 접고 살았건만 남편이 출세 길에 들어서자마자 나이 어린 여자에게 홀리는 바람에 밀려나 버린 조강지처, 회사에서 사직 권고를 받자마자 일방적으로 이혼당하거나 가장 친한 친구에게 아내를 빼앗긴 남편이 그런 경우다. 다른 사람과 헤어지는 건 아무렇지 않게 여기다가도, 막상 자신이 '버림받을' 처지에 놓이면 견디기 힘들게 마련이다.

함께 산 것 외에는 아무 잘못도 없이 쫓겨난 이들에게 사랑과 자유의 의미는 완전히 전도되어 버린다. 둘 사이를 맺어주던 사랑이 둘을 갈라놓는 원인이 되어 버리고, 자유는 속박에서 벗어나는 것이 아니라 억압하고 학대하는 것이 된다. 배우자에게 버림받은 것도 괴로운데, '이혼의 권리'라는 명목 아래 그런 배우자의 손을 들어주기까지 해야 하는가. 법은 사회 윤리보다 우선할 수 없으며, 다만 사회 윤리의 한계를 명확히 해 줄 수 있을 뿐이다. 혼인서약에 들어 있는 '즐거울 때나 괴로울 때나'라는 문구는 이제 이렇게 바뀌어야 하지 않을까? '즐겁지 않다면, 유감이지만 어쩔 수 없다.'

개인뿐만 아니라 공동체들도 서로 상대에게 등을 돌릴 권리를 획득했다. 공동체 간의 관계 역시 개인 못지않게 가변적인 결합 원칙 위에서 이루어지며, 그들의 분열은 그 어떤 관계의 해체만큼이나 드라마틱하다. 한 지붕 아래에서 동거하는 것이 분리의 전주곡에 지나지 않는 나라가 있고(벨기에), 완강하게 독신을 고집하는 나라가 있는가 하면(스위스와 유럽연합), 오랫동안 각방을 쓰면서도 잠자리를 함께하는 나라가 있고(독일), 신중한 약혼 기간을 보내며 무한정 결혼을 미루는 나라가 있으며(터키와 유럽), 마지막으로 짐을 싸서 나가 버리겠다고 으름장을 놓으면서도 한쪽 발은 여전히 문지방에 걸쳐 놓고 있는 나라도 있다(캐나다의 퀘벡).

시민과 국가의 관계마저 계약 관계가 되면서, 정치에서 결합이 갖는 중요성이 지나치게 평가절하되었다. 국가 또한 그 구성원인 시민만큼이나 불안정한 존재가 됨으로써, 그동안 국가가 유지하고 있던 견실함을 잃어버리게 된 것이다. 지구가 점점 좁아질수록 인간 종족들은 서로 멀어지지 못해 안달을 한다. 마치 비밀스런 내연의 관계처럼 초만원의 지구 위에서 숨을 죽이고 있는 것이다.

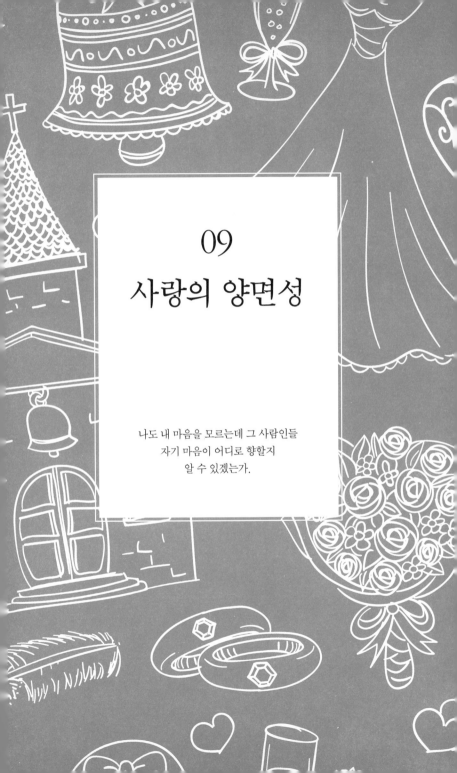

09
사랑의 양면성

나도 내 마음을 모르는데 그 사람인들
자기 마음이 어디로 향할지
알 수 있겠는가.

20 0년 전 개혁가들은 편견이 사라지고 보수주의적 결혼의 한계를 극복하고 나면, 매춘과 혼외정사가 근절될 것이라고 확언했다! 그럼에도 불구하고 거짓말, 위선, 질투, 강한 독점욕이 사라지지 않듯 이 두 가지 재앙은 여전히 남아 있다. 분개해 마땅한 일이지만 한편으로 이해하려는 노력을 기울여 볼 필요가 있다.

성이 금전에 좌우되는 현실을 어떻게 설명할 수 있을까? 매춘과 혼외정사를 직업으로 삼거나 이 일로 수입을 충당하는 사람들은, 보잘것없는 임금과 빈곤에 허덕이는 상황에서 손쉽게 돈을 벌 수 있는 일이라고 할 것이다. 그렇다면 서비스를 받는 남녀 고객은? 아마도 두 가지 이유를 댈 것이다. 하나는 즉각적이고 대수롭지 않은 성행위에서 얻는 쾌락, 다른 하나는 볼품없는 신체를 가진 자신이 받아들여지는 데에서 얻는 마음의 위안이다. 배우 마이클 사이먼이 추남인 자신을 기꺼이 받아들여 준 여자들에게 감사하며 한 말이기도 하다. 돈으로 좌우되는 쾌락, 이른바 환락은, 남자와 여자가 관능의 간주곡을 서로 제공하려 들고, 육체적 쾌락의 대가를 돈으로 지불함으로써 거절에서 비롯되는 상처를 면하려고 하는 한 계속될 것이다.

예전에는 혼외정사가 강압적 결혼에 대한 반항의 상징이었다면, 오늘날엔 일종의 심심풀이이자 가정에 싫증을 느낀 이들이 유혹을 물리치지 못하고 빠져드는 샛길이다. 영화나 문학작품에 등장하는 수많은 이야기에서 알 수 있듯, 혼외정사가 유발하는 고통을 경험하고자 그 길에 들어서는 후보자들도 분명 많을 것이다. 두려움을 떨쳐 버리려고, 기분 전환삼아, 젊게 보이려고 은밀한 일을 추구하다 보니 이를 사랑으로 착각하는 경우가 종종 있다. 그러나 인류의 절반이 균

등하게 공유하는 이러한 부정은 '호기심' '자만심' '자기도
취' '새로운 육체에 대한 지나친 욕망'일 뿐이다. 페미니즘
은 여성의 관점에서 남성의 결점을 전체적으로 파악하고 이
를 부풀려서 말할 권리이기도 한데, 이는 억압이 끔찍했기
때문이 아니라 해방이야말로 더없이 멋진 것으로 드러나고
있기 때문이다.

그렇다면 한층 더 강한 조치를 취해서 그 옛날 욕망을 규제
하던 시절로 돌아가야 할까? 실연당한 사람들을 위한 정부 기
관을 만들어 바람둥이들을 처벌하고 버림받은 자들을 위로하
는 식으로? 페미니스트들 중에는 방탕한 남자에겐 채찍질을
가하면서 바람기 있는 아내는 쉽게 면죄해 줄 준비가 되어 있
는 이들도 있다. 일부 법학자들의 요구대로, 버림받지 않을
권리, 혹은 자존심 상하지 않게 버림받을 권리, 그것도 아니
면 아이들이 미성년자일 경우 이혼을 보류할 권리라도 제정
해야 할까? 미국 캘리포니아의 시민단체들은 이혼권의 무조
건적 폐지를 주장하고 있으며, 루이지애나 주에 이어 아칸소
와 애리조나 주에서는 성서적 성격을 띠고 있으면서 실생활
에서 별 효력은 없는 '협약혼인법Covenant Marriage Law'에 힘입

어 1997년부터 이혼권을 제한하기로 했다.

그러나 사랑의 장점은 외면한 채 어두운 면만 가지고 법률을 제정할 수는 없다. 버림받은 배우자에게 물질적 도움을 주고 자녀들의 복지에 관심을 기울일 수는 있어도 이별 자체를 막을 수는 없는 것이다! 2009년 프랑스의 한 장관은 '황혼 결혼'에 불이익을 주자고 제안했다. 그는 '황혼 결혼'을 '감정적 사기'라고 규정했다. 금전적 이익·신분증·기부금·부동산 등을 얻어 내려고, 애정으로 맺어진 모든 관계가 사기당할 위험을 안고 있다는 사실을 망각한 사람을 사랑하는 척하는 행위라는 비판이다. 그러나 누군가와 사랑에 빠진다는 것은, 곧 상대에게 자신을 기만해도 좋다고 허가해 주는 것과 같다. 특정 대상에게 욕망을 집결시키는 것은, 상대를 미화할 위험을 무릅쓰고 제 스스로 꾸며 내고 지어내는 범위 안에서 그 사람을 알아본다는 의미이다.

원래 가장 악랄한 악당이 '열정'과 '헌신'이라는 관용어를 끌어다 쓰는 법이다. 내게 불타는 사랑을 고백하는 그가 아무리 성실한 사람이라고 해서 약속을 지킨다는 보장이 있는가.

나도 내 마음을 모르는데 그 사람이라고 해서 자기 마음이 어디로 향할지 알 수 있겠는가. 상대에게 현재 당신이 가지고 있고 앞으로도 변하지 않을 애정의 증거를 내놓으라고 요구할 수는 없는 노릇이다. 지극히 사적인 일을 형사재판에 회부하는 것은, 사적인 합의 사항을 판사나 국가가 점유하도록 허가하고, 그들이 우리 대신 약속이나 올바른 행동의 보증인이자 진심을 판단하는 감독관의 자리에 앉도록 만드는 것이다.

대개 빈곤층 출신으로 젊음과 성적 능력을 제공함으로써 물질적 안정을 보장받고, 자신의 매력을 활용하여 영향력 있는 사람들을 유혹해 신분 상승을 꾀하는 남녀 라스티냐▪들을 대체 어떤 법으로 막을 수 있단 말인가? 그들의 행동을 납득하지 않을 도리가 있는가? 인간은 특정한 사회·정치적 상황 속에서 사랑을 하며, 이때 지위나 소득이 지나치게 차이가 나면 자연스러운 감정의 발로와 영혼의 일치를 방해하는 법이다.

▪발자크의 소설 《고리오 영감》에 나오는 인물. 가난한 젊은 법학도로 귀부인의 집에 드나들며 그 일원이 되고자 애쓴다.

성급하게 결론을 내리지는 말자. 이른바 일부일처제는 인간 본연의 충동을 억압하는 것이다. 일부다처제 역시 마찬가지다. 문제는 바로 여기에 있다. 전자는 둘만의 삶을 계속 유지해야 하는 만큼 상대를 배신할 위험성이 다분하다. 그렇다고 후자가 의무화된다면, 많은 사람들이 신경증에 가까운 엄격한 충실함에 매몰될 것이다. 오늘날 간통의 진정한 삼총사는 남편, 아내, 그리고 사례금에 따라 무차별적으로 돌아설 수 있는 변호사, 이 셋이다.

인간의 본성이란 없다. 불확정성의 원리■와 어디로 향할지 알 길 없는 욕망만이 존재할 뿐. 이러한 감정의 양면성은 프로이트 훨씬 이전에 프랑스의 모럴리스트들이 남긴 선견지명의 위대한 교훈이다. 하지만 그들의 금언에 담긴 고결함은 때때로 그 안에 담긴 비관주의를 부인하는 것처럼 보인다. 그들은 파스칼Pascal이 말했듯 "인간 본성은 악하다." "인간의 마

■독일의 물리학자 베르너 하이젠베르크Werner Heisenberg가 제안한 양자역학의 기본 원리 중 하나로 입자의 위치와 운동량을 모두 정확하게 알 수 없다는 원리이다.

음은 헛된 것이며 추악한 것들로 가득 차 있다."고 되풀이할 법도 한데, 원죄 교리를 공고히 하는 데 그침으로써 당시 사회를 지배하던 종교에 계속 등을 기댄다. 그 우아하고 그럴듯한 표현은, 인간의 죄를 사해 주려는 듯 하느님 안에서 구원의 가능성을 예고한다.

　모럴리스트들은 타고난 재능을 소유하고 있었음에도 불구하고 비극에 매몰되지 않았다. 비극은, 더 나은 세상에 대한 기대와 함께 시작되는 것으로서, 이는 인간이 지불해야 할 몫이자 오직 인간만이 실패의 책임을 져야 하는 것이다. 위대한 연애소설들도 늘 사랑에 반하는 내용을 담고 있지는 않다. 귀스타브 플로베르Gustave Flaubert, 마르셀 프루스트Marcel Proust, 아르놀트 츠바이크Arnold Zweig, 준이치로 타니자키, 마르그리트 뒤라스Marguerite Duras, 알베르 코엔Albert Cohen, 밀란 쿤데라Milan Kundera를 보라. 그들이 사랑의 어둡고 비극적인 면을 탐색하는가? 이 천재적인 임상 치료사들은 사랑의 현실을 다루는 다양하고 싱겁기 짝이 없는 이론들보다 많은 것을 깨우쳐 주며, 사랑을 헐뜯음으로써 간접적으로 사랑을 찬양하고, 파괴적인 것만큼이나 매혹적인 사랑의 힘을 식별해 낸다. 문학이 위대한 이유는, 인간의 불행을 정면에서 바라보고 거기에서 환희의 순간과 통찰의 기회를 이끌어 내기 때문이다.

사랑을 가르침에 있어서, 그 다채로운 방식과 싸구려 낭만주의로 점철된 삼류 영화의 이중 화법을 통해 타락한 청춘을 다루는 교활함으로 우리는 사랑을 '해방'시켰다. 피부와 피부를 맞대어 날림으로 해치우거나 혹은 트레몰로■를 추가로 덧붙이는 성교와는 또 다른 사랑의 매력을 알고 싶다면, 중학교에서 성교육을 받는 것도 좋지만 시인·소설가·모럴리스트들의 작품을 읽고 또 읽는 편이 더 나을 것이다. (그러나 안타깝게도 프랑스에서는 2004년 교육부의 '오뱅 보고서'가 나온 뒤 일부 고등학교에서 부도덕하다는 이유로 루소와 《보바리 부인》을 교과서에서 제외시켰다.)

바야흐로 '폭도 문화'가 중산층 자녀들을 포함한 사회 각 계각층에 침투함으로써, 어휘력 빈곤과 난폭한 행동이 횡행하는 가운데 종교적 무지와 외설적인 언행으로 피폐해진 수

■'떨리다'라는 뜻. 일반적으로 같은 음을 빠르게 규칙적으로 반복하는 것을 말한다. 바로크 시대 초기에 꾸밈음의 일종으로 널리 사용되었다.

많은 방리유들banlieues(도시 외곽 지역)의 감성적 결핍 상태는, 선입관을 타파하고 미묘한 차이를 가르쳐야 할 학교에서부터 바로잡아야 하지 않을까. 풍부한 감성을 상세히 표현할 수 있는 언어를 가르치는 것은 사회적으로도 바람직한 일이다.

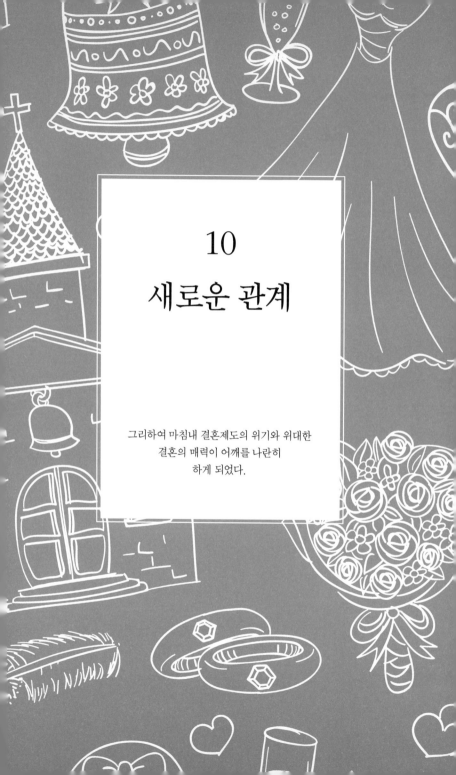

10

새로운 관계

그리하여 마침내 결혼제도의 위기와 위대한
결혼의 매력이 어깨를 나란히
하게 되었다.

불평불만에 가득 찬 보수주의가 개탄하는 도덕적 해이를 과장해서 받아들일 필요는 없다. 특정 사회학의 단골 메뉴인 '현대인의 고독'에 대한 탄식은, 그러한 고독이 특히 여성들의 경우 구시대의 종속적 계약에서 벗어남으로써 얻은 권리임을 망각하는 것이다. 최근에는 행실이 나쁘다거나 사악한 의도를 품고 있다는 이유로 독신녀나 이혼녀, 젊은 과부를 배척하는 문화는 많이 사라졌다. 오늘날 우리가 그 어느 때보다 고독한 까닭은, 비록 불안감이 동반된다 할지라도 그 어느 때보다 자유롭기 때문이며, 예전의 안도감을 동반한 번거로움과 구속을 참아 낼 수 있을지 확신하지 못하기 때문이다.

그럼에도 절반의 부부가 결혼을 유지하며 여전히 함께 사는 까닭은, 사랑이 넘쳐서는 아닐망정 어쨌든 결혼을 통해 이득을 보기 때문이다. 만약 19세기에 지금처럼 정식으로 이혼을 허가했다면, 결혼이라는 숨 막히는 관계에서 벗어나고픈 욕망에 사로잡힌 부녀자들이 대거 탈출했을 터이다. 그 이전 수세기 동안 찬탄해 마지않던 경애하는 영속성은 원치 않는 강제적인 것이었다. 그리하여 마침내 결혼제도의 위기와 위대한 결혼의 매력이 어깨를 나란히 하게 되었다.

유럽 이외 지역의 중산층과 상류층은 관습과 혈통의 지배에서 벗어나기를 간절히 원하는 반면(그래서 민족적·종교적으로 팽팽한 긴장 상태에 있는 나라에서는 이민족 간이나 이교 간의 결합이 중요하다.), 프랑스의 게이와 레즈비언들은 입양과 함께 결혼을 둘의 관계를 인정받는 마지막 과제로 여긴다.

이는 매우 교묘한 전략이다. 여지를 둠으로써 규범을 파괴하는 것이 아니라, 그때까지 일탈이나 천리에 벗어나는 것으로 규정지었던 행동으로까지 규범의 범위를 확장하자는 주장이다. 이는 역설 중의 역설이다. 승리를 거머쥐는 순간, 어떻게 보면 지극히 온전한 상태에 있던 결혼이 느닷없이 사라지고 마는 것이다. 어쩌면 혼인성사의 위엄은 온데간데없이 사라지고 단순한 행정적 절차의 의미만 계속 더 강해질 테지만, 서약에 의한 객관성에서는 벗어나게 된다. 그런 결혼은 그 어느 때보다도 상징과 정착을 구현한다. 자유가 확대될수록 걷잡을 수 없는 기세로 폭발하는 욕망을 한 방향으로 이끌 수 있는 구조에 대한 욕구가 강해지는 탓이다. 지는 별이 위성에 둘러싸여 빛을 발하듯, 결혼의 대안들마저도 결혼을 찬양하게 된다.

프랑스의 팍스 제도와 그것이 이룬 성공을 보라. 애초에 팍스는 오로지 동성애자들의 배우자 간 재산상속을 보장하고자 만든 제도였지만, 10여 년의 세월이 흐른 지금에는 대다수 이성애자들이 팍스를 약혼과 동등한 의미로 받아들이고 있다. 팍스가 높은 해체율을 보이고 있지만 등기우편을 통해 일방적인 이혼이 가능하며, 여전히 팍스를 통해 시작하려는 커플들이 있다.

관계를 맺되 초기의 도취감에 탐닉하지는 말자. 마음은 기정사실이 주는 답답함보다 즉흥적인 것에 기울기 마련이니, 부부 특유의 딱딱한 어법에 빠져들지 말고 연인들의 시적 정취에 머물지어다! 이렇게 해서 상징적이면서도 중압감은 덜한 제도의 이점을 취하면서 불복종이라는 옷을 입은 사이비 결혼들이 늘어나게 된다. 세금 제도만큼은 결혼하지 않은 커플들에게 여전히 불리한 채로 남아 있지만 말이다. 결론적으로 국가 관리주의가 개인주의와 어깨를 나란히 하게 된다. 우리가 성숙해지도록 도와주고 늘 옆에서 지켜 주지만 따로 감사할 필요는 없는 소유자 불명의 강력한 권력이 절대적으로 필요한 것이다.

실현 불가능한 일이지만, 현대 시민은 국가의 보호를 받기를 원한다. 만사가 순조로울 땐 그냥 내버려 두다가 어려움에 처했을 때 돌봐 달란 얘기다. 그로 인해 풍속의 뒤를 바짝 쫓느라 바쁜 입법부는 어쩔 수 없이 온갖 종류의 사법적 위족僞足과 신조어를 고안해 내게 된다. 그 엄청난 수효는 혼돈 상태에 빠진 우리의 열망을 반영할 뿐이다.

결혼제도의 위기는 모두와 관련되어 있다. 무엇보다도 이는 부부의 위기이고, 결혼의 폐단을 고치고자 내놓는 대책들마저도 은근슬쩍 그러한 폐단을 되풀이하기 때문이다. 결혼하지 않고 함께 사는 파트너를 남에게 소개할 때 어떤 단어를 사용해야 할지 몰라 느끼는 당혹감은 이를 잘 나타낸다. 친구, 애인, 약혼자, 사랑하는 사람…, 이렇게 조심스럽게 사용하는 완곡어법 투의 단어들은, 부부 관계를 기피하는 순간 그 외 다른 관계를 고안해 내는 것이 얼마나 어려운지 잘 보여 준다. 자유로운 관계의 주창자인 시몬 드 보부아르Simone de Beauvoir가 미국인 애인 넬슨 알그렌Nelson Algren에게 썼던 '내 남편'이라는 다정한 호칭이야말로 이런 어려움을 드러내는 좋은 예다.

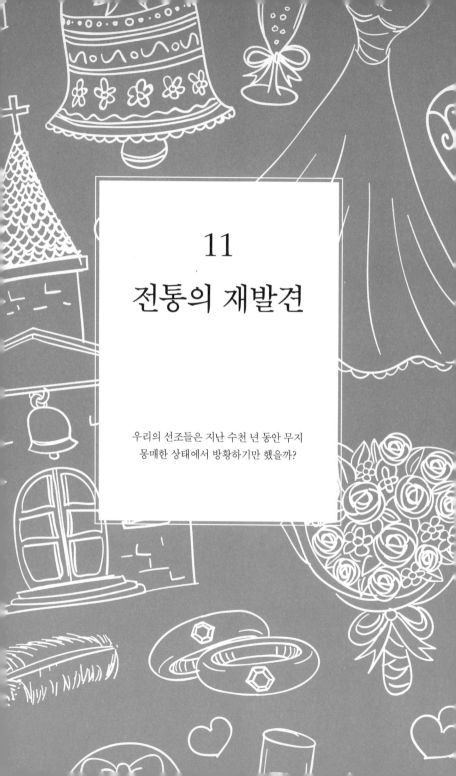

11
전통의 재발견

우리의 선조들은 지난 수천 년 동안 무지
몽매한 상태에서 방황하기만 했을까?

20 09년 8월 22일, 아프리카 사하라 사막 서부에 자리 잡은 말리의 수도 바마코에서 이슬람 최고회의가 주최한 항의 집회가 열렸다. 악용을 방지하고 남녀 간 형평성을 맞추려고 젊은 여성의 결혼연령을 13세에서 18세로 늦춘 가족법 개정안을 규탄하는 집회였다. 5만 명의 시위 참가자들은 '서양 문명은 죄악이다'라는 문구가 적힌 플래카드를 흔들어 댔다. 각양각색의 극단적 보수주의자들의 영원한 알리바이인 이런 식의 악마 만들기에는 실소를 금할 수가 없다.

서양 세계에 대한 반감은 결국 자유에 대한 반감이다. 서양이 감히 자신들의 전통에 문제를 제기하고, 관습을 가장한 악습에서 벗어나 바르바리아barbarie(지중해 연안 북아프리카 지방)에 대항하는 전쟁을 일으킴으로써, 지구촌 나머지 국가에게도 같은 행동을 취하라고 충동하기 때문이다.

그런데 한때 유럽이 행했던 가부장제 질서의 파괴는 모든 문화권에 적용 가능한 것일까? 유럽식의 해방만이 전 세계 국가들이 따라야 할 유일한 길이라고 가정한다 하더라도, 역사적인 맥락에 맞춰 조심스럽게 변화를 유도할 필요가 있지 않을까? 프랑스에서 수 세기에 걸쳐 이뤄진 변화는, 편견과 해묵은 습관을 버리라고 독촉받고 있는 전통사회에서 몇 세대 동안 억제되었던 것들이다. 유럽 및 구미 지역의 이슬람교는 이처럼 정교분리 원칙과 종교적 신중함을 유지하는 동시에, 프랑스에서도 400년에 걸친 치열한 투쟁 끝에 얻어 낸 풍속의 해방을 단 몇 십 년 만에 소화해 내야 하는 문제에 봉착해 있다. 남녀 간의 관계를 결정짓는 구시대적 서열 체계를 간단한 법령으로 뒤집는 것은, 준비되지 않은 나라에서는 공황 상태에 가까운 대혼란을 야기할 수도 있는 일이다.

따라서 도처에서 조롱당하고 있는 여성과 소외된 이들의 권익을 지속적으로 뒷받침하는 한편, 시간과 사고의 불일치를 유연한 태도로 배려해야 한다. 혈통의 문제에 영향을 미치는 여성의 육체, 성생활, 낙태권의 박탈은 전통사회에서 가장 과격하고 끔찍한 형태의 저항을 불러일으키는 명목상 주된 쟁점들이다.

할례의식과 투석 형벌의 존속, 얼굴 전체를 가리는 베일의 착용, 혼성에 대한 거부, 일부다처제 등의 관습을 고발하는 것 말고는 아무것도 할 수 없지만, 그러한 관행이 법의 보호를 받지 못하도록 하기 위해 무슨 일이든 할 수 있고, 극도의 위기의식을 가지고 그러한 관행을 되풀이하는 이들에게 대항할 준비를 할 수는 있다. 이러한 정책에는 문화주의자적 논법을 포함한 어떠한 타협도 있을 수 없다. 20세기가 부권과 가부장제에 저항하는 시기였다면, 21세기는 과학이 여성의 출산 조절권을 박탈하고, 얼마 안 가 실험실 아기가 탄생할 가능성도 있는바 모권과 모계 체제에 저항하는 시기가 될 것이다. 그 뒤 인류의 두 절반 사이의 관계는 새로운 토대 위에서 다시 시작되리라.

당분간 있을 법하지도 않은 일이지만, 유럽의 중심에 자리

잡은 엄격한 이슬람교가 도미노 효과에 의해 유대교·기독교·불교까지 끌어들여 정변을 일으키지 않는 이상, 뒤를 돌아본다고 해서 뾰족한 해결 방안이 떠오르는 것도 아니다. 하지만 억압을 동반하는 관습이 아니라면, 그래서 별다른 해를 입히지 않는 본받을 만한 오래된 관습에는 일종의 지혜가 담겨 있다. 현대성이라는 '파괴적인 창의력'을 추구하는 거창한 움직임은, 때때로 휴지休止와 타협을 필요로 한다. 일부 전통에는 유연한 태도를 고수하며 이와 더불어 자유를 배려하는 현명한 보수주의자적 도전을 하자.

전통이라고 해서 모두 압제적인 것은 아니며, 혁신이 모든 걸 해방시키는 것도 아니다. 수백 년 동안 형성된 관습 중에는 계속 이어 나갈 가치가 담겨 있는 것이 있으며, 그 안에는 문명화의 과정 및 여러 세대의 특성과 기억이 집결되어 있다. 지난날 상냥함과 호의라고는 찾아볼 수 없었던 부부생활의 냉혹함은 종종 지나치게 과장된 면이 없지 않기에, 예전 풍속들을 현재의 평등주의에 접목시킬 수도 있다. 이때 행복했던 지난날을 예찬함으로써 현시대를 지나치게 비판해서는 안 되며, 뛰어난 통찰력을 가진 우리에게 판단할 권리가 있다는 듯

반계몽주의적 표현으로 과거를 묘사해서도 안 된다. 우리의 선조들이라고 해서, 오늘날 마침내 진리에 도달하기까지 수천 년 동안 무지몽매한 상태로 방황하기만 했겠는가? 이는 거만하기 짝이 없는 태도다! 연대기 작가들의 작품과 서한집, 위대한 소설들이 증명하는 바에 따르면, 그 옛날 적어도 일부 계층에서는 부부의 결합이 애정도 행복도 모른 채 죽음이 갈라놓을 때까지 마냥 지속되기만 했던 것은 아니다.

미국의 역사학자 에드워드 쇼터Edward Shorter는, 남편의 하녀나 마찬가지인 아내가 남편이 식사하는 동안 잠자코 뒤에 서 있다가 남편이 식사를 끝낸 뒤에야 자기 자리로 가서 앉는 프랑스 앙시앵 레짐 시절의 농촌 가정을 묘사한 바 있다. 쇼터는 여러 지면에 걸쳐, 하루 종일 고된 노동에 시달린 부부들이 때가 되기도 전에 기진맥진하고 지쳐 빠진 나머지 대충 해치우는 육체적 결합 이외에는 어떠한 애정 표현도 하지 못했을 거라고 추측한다. 그렇지만 다른 계층의 부부들은 비록 강요된 결혼을 했다고 하더라도 서로 존중하는 법을 알고 있었고, 기꺼운 마음으로 상대에게 속내를 털어놓았다. 그들이 누린 기쁨과 슬픔은 지금 우리가 느끼는 감정과 조금도 다르지 않았으며, 그러하기에 세대 간 격차에도 불구하고 그들이 친근한 형제자매처럼 느껴지는 것이다.

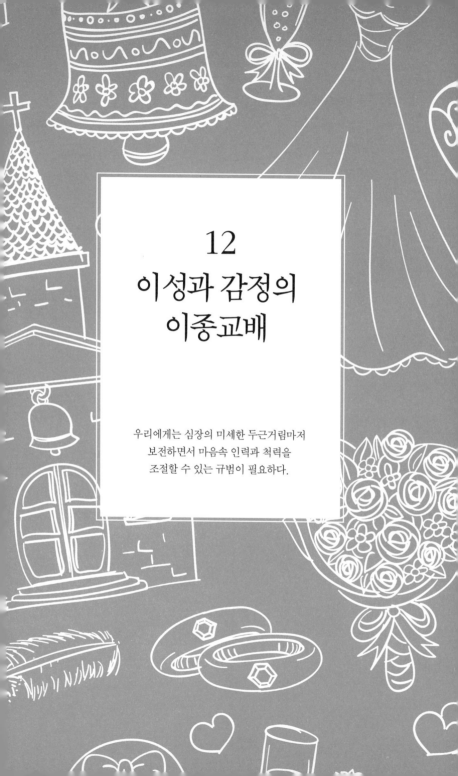

12
이성과 감정의
이종교배

우리에게는 심장의 미세한 두근거림마저
보전하면서 마음속 인력과 척력을
조절할 수 있는 규범이 필요하다.

이해타산적인 결혼이 사랑으로 맺어진 결혼으로 바뀔 수 있듯, 연애결혼도 지속될 필요가 있을 경우 어느 정도 이성의 기미를 띠게 마련이다. 그러한 타협은 부모의 강요가 아닌 당사자들의 선택에 의한 것이므로, 감정에게 내몰렸던 이성은 동맹군이 되돌아오듯 복귀하게 된다. 그런 점에서 개입, 이행, 뉘앙스의 의미를 확장시킬 필요가 있다. 관심은 물론 애정에서 비롯된 것일 테지만, 그러한 애정조차 타산적인 것일 가능성이 있다는 얘기다. 상류층에서는 재정적인 결합이 여전히 건재할 뿐만 아니라, 돈 많아 보이는 중년 여성이나 나이 든 갑부를 선점하여 돈을 갈취하려고 주위를 맴도는 사기꾼과 모사꾼의 행태도 여전하다. 사랑의 영역에서 돈을 제외시키는 것은 위험한 생각이다. 평소 대화에서는 거론하지 않다가 작은 문제라도 발생하면 쟁점으로 떠올라 치사한 해결로 변질되는 탓이다. 모든 정신적 혹은 감정적 채무는 현금으로 지불된다. 오로지 사랑에만 의지해서 맺어진 커플은 사상누각과 같다.

처음 만났을 때 두 사람을 연결시키는 불타는 정열은, 기분 좋으면서도 믿음이 가는 동조와 우정이라는 또 다른 모습의 가치 있는 관계로 바뀌지 않는 한 연장될 수 없다. 일관성 있는 태도로 열정을 승화시킴으로써 차갑게 식어 버린 공동 생활에 온기를 불어넣고, 격정의 뜨거운 불길로 결혼 생활을 뒷받침하는 요소들을 태워 없애기 보다는 이를 늘려 나갈 필요가 있다. 애정의 강도와 지속 기간을 막무가내로 연관 짓는 것은, 시간의 흐름을 거부함으로써 절망에 몸을 내맡기는 짓이다. 그러한 의미에서 '바람직한 부부애'란 물 흐르듯 자연스러운 요란하지 않은 사랑이다. 이러한 사랑으로 맺어진 부부는 서로 세심하게 배려하는 법을 알기에 아무 생각 안 하고 자기 일에 열중할 수 있다. 사랑에 개의치 않고, 증거를 댈 필요가 없으며, 끊임없는 요구 때문에 비애감을 느끼지 않는다.

성인 남녀가 내면의 격동에 사로잡혀 방황하는 것은 두 사람만의 문제지만, 아이가 태어나면 모든 게 달라진다. 잠재된 이혼 가능성 이상으로 부모의 연대는 돈독해질 것이다. 결혼 생활을 유지하고 보전하려는 욕구가 강해지는 탓이다. 정해진 약속을 존중하지 않는 것은 상대에게 고통을 안겨 주며, 그것이 어린아이들과 관련된 경우에는 파렴치하기 짝이 없는 일이다. 불행히도 이루 말할 수 없이 무책임한 68혁명 세대의 아버지들이라면 누구나 그런 경험이 있을 테지만 말이다. 견고한 관계와 약속의 파탄은 당사자에게 상상할 수 없을 만큼 큰 고통을 안겨준다. 그러므로 아이들을 저버리는 것은 매우 중대한 과오다.

오늘날 우리가 누리는 자유는 책임을 전제로 한다. 일단 가정이 깨지면 부모들은 이혼이 실패로 끝나지 않도록 세심하게 의견을 조율해야 한다. 자녀 교육을 분담하고 안전망을 구축해야 하며, 나아가 과민반응을 각오하고 재결합 가정의 물자 보급을 담당해야 한다. 재결합 가정은 사회주의라는 명목 아래 생면부지의 남과 제한된 공간에서 함께 어울려 살아야 했던 구소련의 집단 거주지를 연상케 한다! 오늘날 우리는 애착이라는 이름 아래 눈덩이처럼 불어난 짐을 지고 있다. 결혼을 성공적으로 이끄는 것만큼이나 성공적으로 이혼하기란 쉽지 않은 일이다.

부부의 덧없음과 가족의 영속성을 어떻게 양립시킬 수 있을까? 기가 막히는 도전이 아닐 수 없다. 자식이 필수가 아닌 선택 사항이 되고, 피임약·콘돔·낙태 등으로 출산을 계획할 수 있는 시대에 살고 있는 우리는, 더 이상 출산의 책임을 자연에 떠넘길 수 없다. 따라서 격정에 불타는 연인들에게, 첫눈에 반해 무턱대고 아이부터 만들기 전에 상대가 함께 아이를 낳아 기를 만한 사람인지 심사숙고하고, 만약 아니라면 온갖 기구를 동원하여 피임을 하라고 채근하는 것 말고는 다른 도리가 없다. 자유분방한 리비도는 불안정한 생식을 초래하지 않는 한 절대적으로 정당하다. 우리에게는 심장의 미세한 두근거림마저도 보전하면서 마음속 인력과 척력을 조절할 수 있는 규범이 필요하다. 자식은 단 한 번이지만 영원하고, 사랑은 여러 번 할 수 있지만 언제까지 갈지 모르니까.

감정의 무질서한 영향력에 제동을 걸고 남녀의 동거 생활에서 조금이나마 이성을 되찾으려면, 그동안 비난받아 온 '세분화'란 개념의 가치를 회복시켜야 한다. 혹은 '분리 체제'의 개념을 재평가함으로써 가족의 개념을 한정지을 필요가 있다. 예전엔 가정 밖에서 사랑을 하고 육체를 탐하면서도 가족을 부양함으로써 명예와 호의를 구하는 것을 남편들의 속성으로 여겼지만, 이제 그러한 성향은 부부 모두에게 확대될 수 있다. 1796년 마담 드 스타엘Madame de Staël은 "여자에게 사랑은 인생의 전부지만, 남자에게 사랑은 인생의 한때에 지나지 않는다."고 적은 바 있다. 이 말은 더 이상 사실이 아니다. 살다 보면 사랑 말고도 정열을 쏟을 활동이 얼마든지 있으며, 야망이 남녀 모두의 로망이 될 수도 있다. 신나는 인생을 선택하고 사회참여의 기회를 되찾는 대신, 부부라는 구속에 얽매여 젊음을 매장시킬 이유가 무엇인가?

오늘날 대다수의 여성들은 연애만큼이나 직업적인 성공에 관심이 많으며, 그러자면 과학의 힘을 빌려 출산을 기피하거나 뒤로 미루지 않으면 안 된다. 이제는 감정적이면서도 성숙한 삶과 멋진 직업을 양립시키는 것이 가능해졌지만 여기에는 많은 갈등이 따른다. 여성이 출산과 일을 양립시킬 수 있도록 돕는 것이야말로 현명한 가족 정책의 주요 과제이다. 유럽에서 가장 높은 출산율을 보이고 있는 프랑스는 이 분야에서 가히 선구자적 위치를 지키고 있다.

이젠 가족과 부부, 결혼과 육아를 따로 떼어 생각함으로써 따로 또 같이 살거나, 이상적인 파트너가 나타나기를 기다릴 필요 없이 혼자 아이를 가질 수도 있으며, 반대로 구시대의 풍습으로 되돌아갈 수도 있다. ▪ 일종의 정신분열 상태를 받아들여 자신의 인생에 견고한 칸막이를 세울 수 있게 된 것이다.

새로운 만남을 이어 주는 웹사이트 상의 네트워크와 함께, 소심한 사람의 고뇌를 면해 주고 전혀 맞지 않는 사람도 짝을 지어 주는 중매쟁이의 귀환도 얼마든지 가능한 일이다. 실제

▪능력 있고 진취적인 미국의 '스완족Strong Women Achievers No Spouse' 여성들은 임신을 위한 결혼을 하지 않으며, '다시 시작하는 아빠'라는 의미의 'SOD'(Start Over Dads)들은 육십 대를 넘긴 나이에 자녀를 출산하기도 한다.

여성의 수가 현저히 부족한 덴마크의 한 어촌에서는 인터넷을 통해 태국에서 신붓감을 '수입'한다. 얼굴 붉혀 가며 상냥한 미녀의 동의를 간청하느니 대리인을 시켜 그녀와 협상을 벌이도록 하지 않을 까닭이 어디 있겠는가 말이다.

연애결혼이 살아남으려면 종과 시대를 이종교배하여 좀 더 전통적인 또 다른 결혼 방식과 타협해야 한다. 1960년대에 유토피아를 꿈꾸었던 공상적 사회주의자 샤를 푸리에Charles Fourier가 부부의 경계를 뛰어넘는 다양한 연인 관계를 창조해 냈다면, 오늘날엔 사랑의 경계를 뛰어넘어 시대 감각과 의사전달 방식을 고려한 파트너십, 우정 어린 관용, 상호 존중 등의 다양한 시도를 포괄하는 부부 관계를 창조할 필요가 있다.

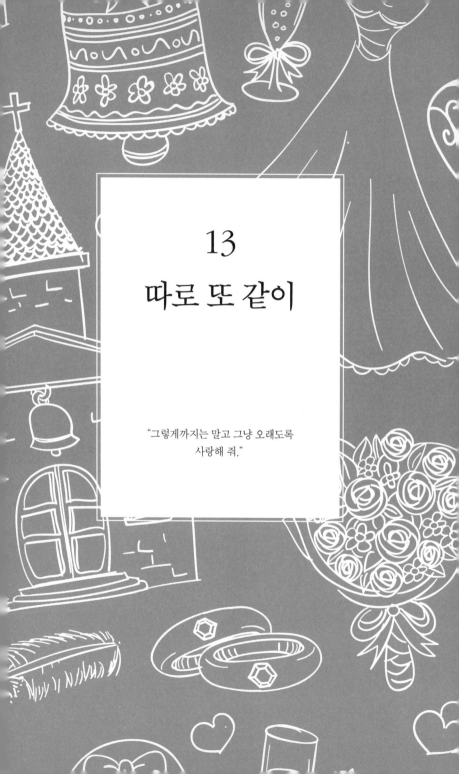

13
따로 또 같이

"그렇게까지는 말고 그냥 오래도록
사랑해 줘."

'사랑 이야기는 보통 안 좋게 끝나기 마련이지.'

프랑스 샹송 그룹 리타 미추코Rita Mitsouko의 유명한 노랫말이다. 하지만 끝나는 것 자체가 나쁜 것도 아니고, 관계가 종료된다고 해서 과정의 위대함이나 아름다움이 손상을 입는 것도 아니다.

이 점에 관해서는 두 가지 상반된 주장을 옹호할 필요가 있다. 부부 관계란 가능한 한 오래 참고 버텨야 하는 마라톤이 아니라, 관계가 악화될 경우 과감히 중단시킬 수도 있는 것이다. 관계를 짧게 끝내는 것이 죄가 아니듯, 참는 것만이 미덕은 아니다. 극히 간략하게 마무리된 일시적인 만남이 평생 흔

적을 남기는 일이 있는가 하면, 권태와 포기라는 역겨움 속에서 반평생을 나란히 사는 이들도 있다. 그렇지만 열광보다 은근히 변치 않는 관계를 선호하는 것이 수치스러운 일은 아니다.

크리스토프 오노레Cristophe Honore의 영화 〈러브 송Les chansons d'amour〉(2007)에서 배우 루이스 가렐Louis Garrel이 연인에게 이렇게 말한다.

"그렇게까지는 말고 그냥 오래도록 사랑해 줘."

몽테뉴가 말한 '격렬한 희열'은 공동생활에 득이 되기보다는 해가 되며, 열정 그 자체에 대한 탐욕이라는 사실을 꿰뚫어 본 멋진 표현이다.

두 사람이 노년을 함께 보내고 싶은 욕구는, 온몸이 짜릿하고 심장이 두근거리는 흥분 속에서 열정을 불태우겠다는 의지 못지않게 정당한 것이다. 자유를 원하는 사람이 있는가 하면 속박을 원하는 사람도 있고, 가족의 온정을 누리고 싶어 하는 사람이 있는가 하면 막간의 짧은 도취감을 맛보고 싶어

하는 사람도 있으며, 권태로움보다 고독이 더 두려운 나머지 부부라는 굴레를 달게 받아들이는 사람도 있다.

동일한 사고방식으로 에로티시즘을 임의적인 것으로 만듦으로써, 지난 세기 지나친 수줍음이 어리석음이었듯 우리 시대의 어리석음인 쾌락을 향한 명령에 종지부를 찍는 것도 얼마든지 가능하다. 이와 비슷한 인식에서 비롯된 다음과 같은 독설은 의미심장하다.

'사랑하는 사람과 잠자리를 한다는 건 추잡한 짓이다.'

사랑한다고 해서 꼭 육체관계를 맺을 필요가 없는 건 말할 것도 없고, 성숙한 부부가 되고자 하는 이들이 그러한 부부의 계약 조건을 문서로 작성함으로써 육체적 평온함 속에서 조화로운 동거를 계획하지 못할 까닭이 어디 있겠는가.

비너스에게 바치는 찬사가 지상명령은 아니며, 서로 상대를 존중하는 데 뜨거운 관능의 시기와 반복적인 성교는 하등 필요 없는 것이다. 플라토닉한 관계가 시대에 뒤떨어진 구닥다리는 아니다. 반만 함께 산다거나, 각자의 거처에서 따로 떨어져 사는 최고의 호사를 누릴 수도 있고, 사생활의 혼란을 피하고자 각방을 쓰며 자기만의 방을 갖는 기쁨을 누리며, 상대를 존중하는 의미에서 적당히 거리를 유지하고, 다른 곳에서 사랑을 하고 육체를 탐하는, 다시 말해 부부애와 우정 사이에서 그 옛날의 귀족적 기품을 되살리는 데 방해가 될 것은 더 이상 없다. 앙시앵 레짐 시절 귀족 사회에서는 자신의 반쪽을 애지중지하는 것보다 더 몰상식하고 천한 일은 없었다.

부부의 행복은 불가능의 증진이 아닌 가능성의 예술이며, 두 사람의 공동 세계를 구축하는 기쁨이다. 부부 관계는 욕망과 열망을 가두는 불가사의한 공존에 대한 환상에서 벗어나는 순간, 수많은 변화를 있는 그대로 받아들일 수 있다. 프랑스 철학자 에르네스트 르낭Ernest Renan은 부부 또한 국가처럼 '매일매일의 응원'과 세월의 흐름에 따라 약화되지 않으려는 의지, 나날이 새로워지는 신뢰와 결속, 모든 몰지각한 행동의 포기가 필요하다고 말한다. 각성을 통해 얻은 경험들을 한낱 유희로 만드는 예측 불가능한 일들의 무한반복은 견디기 힘든 일이다. 이제 열정의 체제를 새롭게 재규정하는 작업, 그러니까, 열정을 한데 모으고 싶을 때 주저 없이 세분화하고 가려내고 싶을 때 얼른 뒤섞어 버릴 필요가 있다.

결혼하기를 주저하던 이전의 이원체제에 뒤이어, 모든 것과 그 반대되는 것까지도 원하는, 다시 말해서 싱글인 동시에 기혼이기를 바라고 자유로운 동시에 얽매이고 싶어 하는 절충체제가 서서히 등장한다. 모든 통과의례들은 영원히 신뢰를 잃어버렸다. 그러한 의식들보다는 시간의 중첩과 생활방식의 상호 침투를 더 선호하는 탓이다. '연애결혼' '중매결혼' '내연 관계' '팍스' 식의 분류는 시대에 뒤떨어진 방식이다. 독신으로 살거나 서로 자유를 허락한 가운데 성을 가리지 않는 에로틱한 우정, 전통적인 부부 관계를 유지하며 사는 평온한 내연 관계, 그리고 어디에든 속하는 탓에 어떠한 범주로도 분류할 수 없는 또 다른 관계를 맺는 간헐적인 부부들이 점차 늘고 있다.

14
프로메테우스적 실패

"사랑이라는 단어는 결혼에 기품을 더해
주는 감정입니다. 이제 배우자들에게
서로 사랑할 의무가 있음을
명시해야 합니다."

프랑스에서 시민법이 실시된 지 100주년 되던 해인 1904년, 시민법 개정안을 논의할 위원회가 구성되었다. '각 배우자는 상호 정절을 지키고 정신적·물질적 지원을 아끼지 말아야 할 의무가 있다.'라는 내용의 개정안 212조가 시험대에 오르는 순간, 소설가이자 극작가인 폴 에르비외Paul Hervieu가 발언권을 요청한다.

"얼핏 반체제적으로 들릴 수도 있는 제안을 하나 하겠습니다. 매우 과감한 발언이라는 것을 알고 있습니다만 그래도 이 자리에서 제 생각을 밝혀야겠기에 이렇게 말

쓸드립니다. 사랑이라는 단어는 시민법에는 기재되어 있지 않지만 추호의 의심할 여지도 없이 결혼의 토대를 이루고 결혼에 기품을 더해 주는 감정입니다. 그런데 시민법에는 아무런 규정도 없습니다. 각 배우자에게 서로 사랑할 의무가 있음을 명시해야 한다고 봅니다."

열렬한 지지를 받은 이 제안은 얼마 안 가 흐지부지되고 말았지만, 입법부의 오류 속에서 빛을 발하는 신중한 자백이었다. 애정 없이도 얼마든지 결혼할 수 있으며, 언젠가는 결혼 생활을 지속하려면 지나치게 사랑하지 말라고 권하게 될지도 모를 일이다. 그러나 분명한 것은 결혼 자체는 절대 사라지지 않을 거라는 사실이다.

결혼이 저마다 희망사항을 내세우는 별 볼일 없는 것이 돼버렸지만, 대다수 사람에게 결혼은 여전히 불확실성을 줄이는 장치이자, 욕망의 이탈과 예측할 수 없는 정서에 대항하는 제도적 방패이기 때문이다. 어쩌면 부부의 미래를 신중히 검토하고자 퇴직 연령을 늦추듯, 결혼 연령을 40대 이후로 미뤄야 할지도 모른다. 이처럼 아이러니컬한 급변에 의해,

결혼은 더 이상 순응주의의 상징이 아닌 소수 엘리트만의 모험이자 극도로 폐쇄적인 행복한 소수들의 사교 클럽이 될 수도 있다.

계몽주의 시대 이후 우리 사회에는 터무니없는 희망이 자리를 잡았다. 사적인 영역에서 공적인 지대로 퍼져 나간 사랑이라는 보편적 관용어가 국가와 국가를 화해시켜 인류라는 가정을 조화의 절정으로 끌어올릴 것이라는 기대감 말이다. 이는 동질 의식과 애정으로써 선이 악을 물리친다는 시정詩情이 만들어낸 신화다. 일단 그 추한 면모를 정화시키고 나면 감정은 마침내 제 숭고한 본질을 구현하리라. 즉 가시 없는 장미가 되는 것이다.

1920년 프랑스 공산당 결성 때 투르 회의에서 한 의원이 이렇게 말했다.

"공산주의는 사랑이다."

이 말은 곧 공산주의자가 아닌 사람은 증오를 지지하므로 인간의 반열에 오를 자격이 없다는 뜻이다. 이 말에는 복음서의 세속화된 논리가 자리하고 있다. 하지만 기독교는 사랑을 초라한 피조물인 인간의 능력으로는 미치지 못하는 것으로 만들어 버림으로써, 사랑의 완성을 내세에서나 이룰 수 있는 일로 만들어 버리는 데 무척이나 공을 들였다. 밀물처럼 거세게 밀고 들어오는 인간의 기세에 굴복한 이 변덕스러운 왕이, 당황한 혹은 분노한 제 숭배자들을 그냥 내버려 두는 것 외에는 다른 도리가 없음을 예견하기라도 한 것처럼 말이다. 순수한 사랑의 조건이란, 그런 일이 지상에서는 결코 일어나는 법이 없으므로 계속 종말론적인 전망으로 존재한다. 우리가 살고 있는 무신론의 시대는, 아무런 방책도 없이 신봉함으로써 종교라는 거만한 탈 아래 감춰진 기독교적 이상들에 젖어 있다. 시인 아르튀르 랭보Arthur Rimbaud는 말했다.

"사랑은 재창조되어야 한다."

시인이 아닌 사람들, 자신이 이룩한 세상을 제 의도대로 좌지우지할 수 있게끔 재구성하려는 기획자나 기업체 사장에게는 유감스럽기 짝이 없는 말이다. 감정 분야의 진보 이론은 형벌과 다름없다. 내일이 오면 오늘은 무효가 되는 이상 계속해서 더 잘해야 한다. 첫 성공에 만족해 노력을 게을리하는 것은 있을 수 없는 일이다. 끊임없이 노역을 치러야 하는 시시포스처럼 계속 전진해야 하는 것이다. 그렇지만 사랑은 재창조되어야 하는 것이 아니라 극적인 동시에 경이로운 그 모든 차원에서 체험되어야 하는 것이다. 행복과 마찬가지로 사랑은 수정할 수 없다는 점에서 여전히 신비롭다. 어쩌다 한 번 번쩍이는 섬광에 의해서만 맛볼 수 있는 것, 바로 그것이 사랑이 지닌 가치다.

교황 베네딕토 16세가 꿈꾸는 '사랑을 통한 교화'는, 시장 경제에서 무상을 꿈꾸는 것보다도 바람직하지 못하다. 사랑의 교화로 인해 가장 약한 자는 애정의 전횡, 일관성 없는 유대, 드러나지 않는 편애의 지배를 받게 될 수도 있기 때문이다. 감정은 선택된 자와 소외된 자를 만들어 내며, 그런 점에서 상대를 파괴하는 기계와도 같다. 또한 한 번 주어진 것은 무엇이든 언젠가 기꺼이, 나아가 반드시 되돌려 주게 마련이다. 우리가 만들어 나가야 할 사회는 정숙하면서도 상호 의존적인 사회이지 자애로운 사회가 아니다.

연애결혼의 실패는, '이상'이라는 치명적이면서도 풍차에 대항하는 돈키호테의 투쟁만큼이나 비현실적인 질병과 연관되어 있으며, 부부로 산다는 것이 얼마나 어려운 일인지 증명해 준다. 서양 문화는 악순환을 되풀이하고 있다. 자연이 변덕스럽고 예측할 수 없는 기상 변화를 통해 자연을 지배하려는 인간의 의도를 조롱하는 것처럼, 서양 문화가 그토록 갈망하는 두 가지 목표인 행복과 사랑은 번번이 서양문화의 통제에서 완벽하게 벗어난다. 열정과 제도를 혼동한 대가를 톡톡히 치르고 있는 셈이다.

계몽주의시대 이래로 현대인들은 프로메테우스적인 기질을 발휘하여 상대의 허락을 근거로 그 사람을 좌지우지하고 이를 보편화된 전략으로 삼으려는 무분별한 야망을 안고 살아간다. 집단이 개인과 동요를 관리하는 데에는 '규제'와 '자유방임'이라는 두 가지 방식이 있다. 전자는 명령하고 틀에 가두며 처벌하는 반면, 후자는 자유롭게 풀어 주고 해방시키며 허용한다. 금지보다 교묘하고 허용보다 훨씬 능란한 수법

인 자유방임은, 우리가 바치는 찬사에 반응을 보이지 않는 복
잡한 감정으로써 우리의 계획을 수포로 돌아가게 만들어 버
린다. 열정 없이는 아무것도 이룰 수 없지만 열정만으로 이룬
것은 그 무엇도 오래 지속될 수 없다.

　이러한 모순에서 벗어나려면, 시대를 초월해 자아의 동요
를 떨쳐 버리게 만드는 안정적인 제도에 기대를 걸 필요가 있
다. 그렇지만 사회 형태가 단일 흐름에 국한되거나 한낱 네트
워크로 전락하지 않도록 유의해야 한다. 어떤 의미에서 보면
결혼에 대한 환상이 깨진 것은 기뻐할 일이다. 이는 사랑이
여전히 불온한 힘을 지니고 있으며, 하도 까다롭게 구는 나머
지 속을 어지간히 태우게 만드는 악동으로 남아 있다는 증거
이기 때문이다. 고유한 의미의 결혼이 실패로 끝났다고 하지
만, 그보다 더 실패한 것은 결혼을 길들이려는 우리의 시도
다. 흔히 말하듯 결혼은 관습을 뒷받침해 주는 정신적 유대가
아니라, 우리 코앞에서 터지는 한낱 폭발물에 지나지 않는다.

사는 즐거움

반세기 이래로 우리는 어이없는 모험을 계속하고 있다. 자유롭게 풀어 주는 동시에 억압하는 해방을 시도하는 것이다. 과거의 금기는 대부분 사라지고 없지만 그 잔해 위로 새로운 지령들이 독버섯처럼 퍼져 나갔다. 금지하기는커녕 쉼 없이 즐기고, 더 많이 사랑하고, 더 많이 벌고, 더 많이 소비하며, 더 많이 사색하고, 더 많이 체험하라는 지령들이 꼭대기에 자리 잡고 있는 것이다.

시장경제의 수익 논리를 추구하는 비정상적인 태도가 모든 분야에서 우위를 떨치고, 틀에 박힌 절정을 신봉하는 광신자들이 사방에서 날뛰고 있다. 이는 우리 세대가 맞이한 어이

없는 재난이다. 몽상과 정의감에 사로잡힌 나머지 삶에 대한 열정, 강렬함, 황홀이라는 혁신적 암호가 광고 문안이 되고 쾌락주의가 자본주의의 마지막 단계가 되었음을 뒤늦게 확인하게 된 것이다. 이제 우리가 재창조해야 할 것은 경이로움과 정신적 균형, 절제를 포함하는 비상업적 쾌락주의이다. 자기 자신을 위해 즐기는 것이 아니라 다른 사람과 함께하는 생활의 지혜 말이다.

현대사회는 항상 느끼는 것으로 만족하지 말고 행동에 옮기라고 부추긴다. 이러한 방탕은 우리를 유혹함과 동시에 파멸로 이끌며, 일상의 자잘한 기쁨에 권태를 느끼게 만듦으로써 만족할 줄 모르는 욕망의 세계로 인도한다. 그러한 신기루에 현혹되지 않는 것이야말로 우리가 갖춰야 할 양식이다. 걷잡을 수 없는 해방이란 자가당착에 빠질 수밖에 없으며, 제동이 걸리지 않을 경우 실패의 장막을 드리운다.

도덕적 검열의 시대에는 일시적 사랑을 누릴 권리를, 자유방임의 시대에는 호혜성의 원칙을 옹호해야 한다. 사회가 더 이상 개인을 억압하지는 않지만 지속적으로 영향을 미치는 까닭에, 저마다 의무적으로 규칙을 따르게 만들기 때문이다.

우리가 지닌 최후의 무기는 관용과 신중함이다. 각자의 결점을 너그럽게 봐주고 소중한 사람들의 마음에 상처를 입히지 말자. 우리를 있는 그대로 받아들여 주는 그들의 존재 자체에 감사하자. 그게 바로 사는 즐거움이다.

'결혼과 사랑은 영원히 조화를 이룰 수 있을까?' 파스칼 브뤼크네르는 이 질문에 답하며 오늘날 부부로 산다는 것의 어려움을 파헤치고 있다. 요즘 연애결혼을 한 부부들은 너나없이 뜨거운 사랑의 열정이 결혼 생활 내내 지속되어야 마땅하다고 생각하며, 그런 까닭에 권태의 그늘이 드리우기 무섭게 이혼으로 치닫는다. 사랑과 결혼에 대한 가치관이 바뀌고 애정이 이해타산의 자리를 차지하게 된 이래로, 결혼은 '포기를 배우는 학습의 장'이 아니라 '행복의 정원'이 되었다. 하지만 결혼 생활에서 지나치게 많은 것을 기대하게 된 나머지, 역설적으로 점점 더 많은 사람이 결혼을 기피하게 되었다. 브뤼크네르의 말대로 "바야흐로 전통사회에서도 자유연애의 바람이 불고 동성애자들이 자유롭게 결혼하기를 희망하는 와중에, 결혼이 커다란 위기를 맞은" 어이없는 상황이 벌어진 것이다.

브뤼크네르는 묻는다. "과거 결혼이 불평등한 부부 관계와 남편의 전횡과 같은 온갖 해악들을 낳고, 여성을 한낱 동산動産에 불과한 존재로 만들어 버림으로써 혼외정사와 매춘의 어두운 그늘로 이끌었다면, 오늘날의 결혼은 구시대의 악습을 그대로 간직한 채 새로운 재앙을 창출해 낸다. 이혼이 급증하고 독신자가 늘고 있으며 돈으로 살 수 있는 쾌락과 부정 또한 여전히 횡행하고 있는 것이다. … 20세기에 들어서며 사랑과 육체는 해방되었지만 그 결과 불협화음이 증가했다. 대체 무슨 일이 벌어진 걸까?"

이 질문을 푸는 열쇠는 바로 이혼이다. 과거 강요에 따른 결혼에서 낭만적 사랑을 바탕으로 한 연애결혼으로 이행하는 사이에 이혼 제도가 생겨났다. 결혼 개혁론자들은 이미 계몽주의시대부터 상호 애정을 중시하고 평판에 얽매이는 금기를 깸으로써 맞지 않는 배우자와 쉽게 결별할 수 있도록 해야 한다고 주장했다. 이혼을 통해 결혼은 참고 견뎌야 하는 감옥살이가 아니라 선택받은 운명이 되며, 따라서 이혼은 '불행한 사건'이 아니라 그 자체로 결혼의 '중심축'이다.

하지만 부부의 사랑이 결혼 생활의 온갖 해악을 바로잡을 것이라는 장밋빛 전망은 깨지고 말았다. 오늘날 연애결혼이 거둔 역설적인 성공은 차라리 격변에 가깝다. 사랑이 절대권력을 행사하는 시대, "부부에게 서로 맞추며 살라고 권고하는 게 아니라 더 열렬히 사랑할 것을 명령하는" 시대에 진입한 것이다.

이처럼 신을 섬기듯 사랑을 찬양하고 사랑과 결혼을 혼동하면서, 결혼은 현대사회의 '알파와 오메가'가 되었다. 오늘날의 부부들은 이기주의나 물질만능주의 때문에 파국을 맞는 것이 아니다. 결혼에 대한 지나치게 원대한 이상과 치명적 영웅주의로 인해 관계가 소원해지고 급기야 결별을 선택하기에 이른다. 여자들은 훌륭한 엄마이자 애교 넘치면서도 친구 같은 성숙한 아내가 되어야 하고, 남자들은 훌륭한 아빠이자 자상한 남편, 돈 잘 버는 기계가 되어야 한다. 이토록 치열한 전투의 장이 되어 버린 결혼 생활에서 살아남는다는 것은 기적과도 같은 일이다.

브뤼크네르는 사랑이 결혼 생활에서 빠져서는 안 될 필수 요소지만 사랑만을 토대로 한 결혼은 지속되기 힘들다고 말한다. 번쩍이는 섬광처럼 어느 순간 심장을 사로잡은 사랑이라는 열병이 '상호 존중'이나 '우의' 같은 성숙한 감정으로 승화되지 않는 한, 평화로운 공존은 기대하기 힘들다는 것이다. 17세기 프랑스 모럴리스트 라 브뤼에르는 "시간은 우정을 돈독히 하고 사랑을 약화시킨다."고 했다. 또한 프랑스 작가 미셸 투르니에는 "어떻게 사랑이라는 일시적인 열병만 가지고 일생을 설계할 수 있는가?"라고 개탄하며 지나치게 사랑에만 의존하는 현대 서양문명을 비판하고 우정의 고귀함을 예찬했다.

'부부란 마주 서서 서로를 바라보는 관계가 아니라, 나란히 손잡고 하나의 목표를 향해 가는 일생의 반려자'라고 한다. 너무 당연해서 진부하게 들리기 때문일까? 많은 사람들이 이 말에 담긴 소중한 의미를 잊고 사는 것 같다.

세상의 모든 부부들이여, 과도한 기대를 버리고 서로에게 든든한 버팀목이 되어 주자.

2012년 1월

이혜원

결혼, 에로틱한 우정

첫판 1쇄 펴낸날 2012년 1월 26일

지은이 | 파스칼 브뤼크네르
옮긴이 | 이혜원
펴낸이 | 박남희
편집 | 박남주, 노경인, 김주영
마케팅 | 구본건
제작 | 이희수
디자인 | Studio Bemine

종이 | 화인페이퍼
인쇄 | 청아문화사
제본 | 책다움

펴낸곳 | (주)뮤진트리
출판등록 | 2007년 11월 28일 제318-2007-000130호
주소 | 서울시 영등포구 양평동 2가 37-2 양평빌딩 301호
전화 | (02)2676-7117 팩스 | (02)2676-5261
E-mail | geist6@hanmail.net

ISBN 978-89-94015-43-9 03860

* 잘못된 책은 교환해드립니다.